泥酔文士

酒が人間をダメにするんじゃない。
「人間がもともとダメだ」ということを酒が教えてくれるのだ。

立川談志

泥酔文士　◎目次

はじめに　14

I　中原中也伝説

中原中也の酒はタチが悪かった。すぐに眼が据わり、悪口雑言が飛び出し始める。渋谷百軒店の薄ぎたないバーで、顔をひんまげて怒鳴りちらしていた。　26

酔っ払った**中原中也**は**太宰治**にからんだ。「何だ、おめえは。青鯖が空に浮んだような顔をしやがって」とののしられて、太宰は這う這うの体で逃げ出した。　30

坂口安吾もまた、日本橋の「ウィンザア」という洋酒屋で、**中原中也**にからまれた。この店の「十七歳の」女給をめぐっての争いだった。　36

酒を浴びたあとの**中原中也**の狼藉は枚挙にいとまがない。警察に捕まったこともあれば、**中村光夫**に向かって「殺すぞ」と脅したことさえあった。　46

大御所・**萩原朔太郎**は、**中原中也**がこんな酒乱になってしまったのは、まわりにいた仲間にも責任の一端がある、と叱るのだが。　50

えらそうなことを言う**萩原朔太郎**だが、**中原中也**から「淫酒家」と呼ばれるだけのことはある酒飲みだった。二日酔いを呪詛する文章はさすがに詩人である。　53

Ⅱ　悪口雑言と狼藉

中原中也の顔を評して「よごれたゴムまりをぬれ雑巾でひと拭きしたような顔」と**永井龍男**が言えば、「どこにでもいるオトッツァン顔だよ」と**大岡昇平**。　56

大岡昇平は気も短いが、口も悪かった。**中原中也**の顔を「おたんこなすの顔」とまで言い切ったが、**吉田健一**に対してもなかなか手厳しいことを言うのだった。　60

吉田健一の「噴水ゲロ事件」は衝撃的な出来事だったに違いない。その一部始終を詳細にレポートしている『文学界』の編集者がいた。奇特な人である。　64

吉田健一の文章の師匠であり、かつまた吉田の口の中にゴムの木の葉っぱを押しこむという無茶をはたらいた**河上徹太郎**もまた困った酒飲みだった。　68

酔って、**檀一雄**と取っ組み合いの喧嘩をし、ガラス戸をこっぱ微塵にした**草野心平**の飲みっぷりはなかなかのもので、風呂場で死にかけたことがあった。　73

Ⅲ　泥酔界の巨星墜つ

このあたりでそろそろ筑摩書房の創業者・**古田晁**の登場を仰ごう。文士ではないが、文士たちの酔郷に必ずや顔を出す伝説の酒飲みである。　78

古田晁の人となりを教えるタクシー運転手の手記がある。**草野心平**が前掲のエッセイ「古田晁の酒」の中で引用しているのだが、これが大傑作なのだ。 87
古田晁は自分で自分を粗末に扱うところがあった。ある夜更け、神田の酒場で痛飲しながら号泣するさまを、**小林秀雄**は茫然としながら眺めていた。 92

Ⅳ

小林秀雄と困った仲間たち

泥酔した**小林秀雄**の失敗談は数限りなくあった。しかし、鎌倉の駅前で繰り広げた大失敗は前代未聞、ちょっと比類のないものではなかろうか。 100
もっとひどい話がある。泥酔した**小林秀雄**は一升瓶をかかえたまま水道橋のプラットホームから転落し、あやうく死にそうになったのだった。 103
口の悪い**大岡昇平**が**小林秀雄**、**河上徹太郎**、**今日出海**の「酒品」さだめをしている。我がことは棚に上げて全く自分勝手な評定なのだが。 108
酔っ払ってふらふら歩いていた**永井龍男**は、一緒に歩く**小林秀雄**からエントロピーについて講釈を受けている最中に、鎌倉の側溝に転落した。 111
林房雄、**吉田健一**と鎌倉の居酒屋を六、七軒飲み歩いた挙句、記憶を失った**三橋一夫**は自宅近くの道路の有刺鉄線に頬っぺたを引っかけて眠っていた。 118

V　泥酔者は跳躍する

稀代の酒飲みのように言われる**坂口安吾**だが、自分では「それほどの豪傑ではない」と謙遜している。とは言うものの、全盛期はひどいものだった。　124

坂口安吾は劇場の二階から階下に飛び降りたが、泥酔はある種の万能感を抱かせるものなのか。**獅子文六**も高いところから飛ぼうとしていた。　132

VI　酔っ払いは栴檀より芳し

中村真一郎の披露宴で**獅子文六**とともにへべれけになった東京帝国大学教授・**辰野隆**は中学二年の夏に牛乳のように酒を飲み激しく泥酔した。　138

栴檀は双葉より芳し、ということか。**伊藤整**も**井上靖**も**山田風太郎**も若いころからとんでもない無茶な飲み方をしていたのだった。　141

VII　嫌われ者

埴谷雄高は、通りかかったある会場の横に、ひとりの小柄な男が投げだされた魚のようにのびて倒れているのを発見した。なんと**石川淳**だった。　148

埴谷雄高が目撃したもう一人の恐ろしい酔っ払いは
田中英光だった。酒だけではなく、
乱用する薬の量が尋常ではなかった。 154

Ⅷ ほのぼの系泥酔者たち

終戦後まもなく、太っていることはうしろめたいことであり、
悪徳だった。**梅崎春生**は新宿のバーで、
中央線沿線文士の太った体つきに嘆声をあげた。 162

泥酔文士のエピソードも苛烈なものばかりではない。
ほのぼのとして心温まる話もなくはない。
たとえば**河盛好蔵**と**上林暁**の友情など実に微笑ましい。 165

ほのぼの系酔っ払いに、あと二人を加えたい。
日本浪曼派の代表的詩人・**伊東静雄**と、
文武両道の謹厳居士、**立原正秋**である。 171

『酒』という雑誌に毎年掲載される「文壇酒徒番附」で
酒癖が悪いと指弾された**河盛好蔵**は大いに閉口し、
後進のために酒の飲み方を諄々と説くのだった。 177

酒は大勢と一緒に飲みたくはない。
ひとりしづかに飲むべかりけり、の**若山牧水**だが
牧水には牧水なりの悩みがあるのだった。 180

尾崎士郎は金もないのに洲崎の娼楼に登り、
酒をガンガン飲みまくった挙句、あろうことか
北一輝に金を貸してもらえないかと懇願するのだった。 185

IX　超弩級の泥酔者たち

明治生まれの歌人・**吉井勇**の酔っ払いぶりはスケールが違った。
若き作曲家・**服部良一**はすっかり度肝を抜かれ、
そしてあきれ果てた。　190

天下無双の酔っ払い、**吉井勇**のせいで、
森鷗外の異色の名作「ヰタ・セクスアリス」は
あやうく行方不明になってしまうところだった。　194

酒仙・**吉井勇**には、鬼籍に入った六人の酒友たちの
思い出を綴った「酒客列伝」なるものがあるが、
しみじみとしていて、どこか物悲しい。　198

森繁久彌主演の東宝映画で見たことのある「お湯屋ごっこ」。
座敷に障子を倒して湯船とみなしてみんな素っ裸で入る。
三**木のり平**の「ああ〜、いいお湯だなあ」が思い出される。　207

ひょっとして酔っ払って書いているのではないか?
久保田万太郎、**内田百閒**、**山本周五郎**の
なんともグダグダのこの随筆を読んでみてほしい。　215

「檸檬」という静かで美しい小説を書いた**梶井基次郎**の酔態は、
その小説とは似ても似つかぬすさまじいものだったと
学生時代の友人たちが回想している。　223

借金、飲酒、女性関係。自身の無茶苦茶な困窮生活を
私小説に描いて注目を浴びた**葛西善蔵**は
酒で身を滅ぼしたと言ってもいいほどの暮らしぶりだった。　228

あとがき　238
出典一覧　248

泥酔文士

はじめに

会社を辞めて、毎日が日曜日になった。

もう、締め切りが待っているわけでもないし、損益計算書とにらめっこする必要もなくなった。目が覚めたら起きる。眠くなったら眠るし、腹が減ったら食べる。

面白そうな映画が封切られたら急いで見に行き、楽しそうな本はできるだけ手に入れる。それに飽きたら、似た身の上の友人を誘いだして、喫茶店でやくたいもないお喋りにうつつを抜かす。時間はいくらでもあるのだ。

こんな感覚、どこかで味わったことがあったなと思ったら、五十年近く前の学生時代に似た生活を送っていたのだった。なんだか懐かしい毎日である。

瘋癲（ふうてん）老人のいちばんの醍醐味は、ベッドに寝転がって、何の役にもたたない本を読むことである。つまらなければ投げ出せばいいだけで、努力して読む必要は、全くない。今夢中になっているのは、昭和期に生きた文士たちの随筆である。今ではもう考えられないことなのだが、昭和の文士たちは、みんなで集まってよく酒を飲み、議論を交わし、挙句の果ては殴り合いの喧嘩をしたりしていた。

本の中で、彼らはまったく元気潑溂なのである。

だが、実は全員、すでにあの世の人となっている。

深夜、そんな彼らの口吻や一挙手一投足を一人静かにページの中に追う。

鬼籍に入った人たちは心から安心できる。

もう、裏切られることは絶対にないからだ。


ひとり灯のもとに文をひろげて、見ぬ世の人を友とするぞ、こよなう慰むわざなる。


兼好(けんこう)法師の気持ちが痛いほどよくわかる。

そんな風にして、文士たちの随筆を芋づる式に次から次へと読んでいるうちに、目に余る酔っ払いたちに出くわすようになった。

困った人だなあ。

思わずため息と微苦笑が口元に浮かぶ。でも彼らは、もう死んでこの世にはいないのだ。どんな愚行と醜態を繰り広げようと、もういなくなってしまった人たちは、みんななんだか愛おしい。

そんな、どうにも困った、愛おしい酔っ払い文士たちの面影を、暇に飽かせて、ひとりずつ追ってみようと思いたった。

その前に、少しだけ、私自身のことを語ることをお許し願いたい。

私が大学を卒業して文藝春秋に入社したのは昭和五十二年のことだった。その年の男性新入社員は五名だったが、実はその前年には入社試験そのものがなかった。原因はおそらくオイルショックだったのではないかと思われるが、本当のところはよく分からない。新入社員の採用が見送られたのだった。

同期の五名は実は不安で震えていた。

なぜというに、先輩たちにとって、我々は二年ぶりの新人になるわけである。どれだけ〝かわいがられる〟ものかと気が気ではなかったのだ。というのも、震えあがるような噂を耳にしていたからである。

「新入社員は新宿の居酒屋につれていかれて、カウンターに一列に座らされるらしい。それからベルトをゆるめてズボンを下ろし、全員イチモツをカウンターの上に載せろといわれるんだ。で、先輩たちは割りばしでそれをつまんで、醬油の入った小皿にぴちゃぴちゃ浸すらしい」

「そのあと新宿の遊郭に連れていかれる。お金？　それは先輩たちがカンパしてくれるというんだ。しかしだな、浮かれて事に励んでいると、襖（ふすま）をそーっと開けて入ってきた先輩たちにしっかり観察された挙句、クライマックスには脚をひっぱられて離脱させられるらしいんだよ」

そんな馬鹿なと、笑う人がいるかもしれないが、それは昭和の出版社の無頼を知らないからである。当時、そういうことはありえたのである。コンプライアンスもハラスメントもポリティカリー・コレクトなどという言葉も存在しない。そんな概念などかけらもなかった時代の話である。

しかし、幸いなことにこの蛮習は私たちが入社する数年前に廃されて、醤油まみれにされる屈辱を味わうことなく、つつがない新人生活を送ることになった。

私は『週刊文春』に配属となった。

その初日、編集部に入って驚いた。先輩ふたりが、編集部の隅でどんぶり鉢の中に小さなサイコロを投げ込んでチンチロリンをやっていたのである。

「あー、負けちゃった。これで負けはいくらかな？　二億？　ずいぶん負けたなあ」

そんなことをつぶやきながらまたサイコロを投げている。経験的に断言できるのだが、文藝春秋ではバクチの負けはチャラにされることはない。絶対に徴収されるのが鉄則だったのだが、あの二億（円なのかバーツなのかは知らないが）、いったいどうなったのだろうか？　ちなみにこのふたりは後に社長になっている。

私が入社したのは創業者、菊池寛が亡くなってから二十九年後のことで、紀尾井町の新社屋が完成してからすでに十年が経っていた。だが、編集部のそこかしこに菊池の薫陶がまだ息づいているように思えた。地下一階の社員クラブだけではなく、編集部のあちらこちらに囲碁将棋の足のついた立派な盤が置かれていて、勤務中であろうと、暇な社員はくわえたばこで勝負に臨んでいた。そんな辛気臭い勝負が苦手な部員は、会社の正門を出て五十メートルほど行った右側にあるバラック建てのような喫茶店で終日インベーダーゲームにいそしんでいた。ある先輩は、本当に終日そこにこもって仕事のように戦いに明け暮れていた（その先輩ものちに社長となった）。

そして、夕方になると花札が始まった。そのころ、『週刊文春』編集部員の机の抽斗を開けると、ほぼもれなく任天堂の花札が入っていたので、あちらこちらでコイコイが始まった。編集部に出入りする業者も混じっていた。

棚から週刊文春用の原稿用紙（それはA５サイズの茶色いざら紙で緑色のインクでマス目が印刷されていた。十四字×二十行の変則原稿用紙で、『週刊文春』の当時の本文は一行十四字立てだった）を持ってきて、その裏に十二本の横線を引き、縦に三本の線を引いた。十二本というのは一年十二ヵ月が勝負の単位だったからで、縦に三本というのは勝負にレバレッジをかけるために発案されたものだった。勝負の最小単位は一文で、それで勝つと、縦の三本の線のおかげで、倍倍倍となり八文の勝ちとなるわけである。自分の手ができて、なお勝負を続行したいときには「コイッ！」と掛け声をかけ、縦の三本線の横に、もう一本線を書き加える。つまり勝負の文数は倍々ゲームで膨らんでいく。だから、それから何十年もたった今でも空(そら)で数字の倍々を唱えることができる。

「にーよんぱーいちろくざんにーろくよんいちにっぱーにごろごーいちにーいちまるにーよんにーまるよんぱー」

「さんろくいちにーにーよんよんぱーくんろくいっくにざんぱーすちーろんぱーいちごーざんろく」

一勝負（一ヵ月）の上限が三千文なので、そこまで覚えていればことは足りたのである。一文五円換算で、ほんの一勝負で一万五千円が動いた。昭和五十年代に、である。さらに一年十二カ月を完勝するとトータルの勝ち文数は倍付となったので、それなりの金額にはなった。勝負の精算はボーナス時（なんと年に四回出た！）に行い、バクチの才能に恵まれた人物はそのたびごとに数十万円稼いでいた。この花札勝負でどれだけ朝帰りしたかしれない。

夏の高校野球のシーズンともなると、一階の広告部の掲示板には大きな模造紙でトトカルチョ開催の知らせが公然と貼りだされた。一口千円だったような記憶があるが、広告代理店などの出入りの業者も夢中になって参加。かなりの金額に上ったものと想像されるが、全額、的中者に手渡された。今なら即刻通報されておしまいだろうが、当時は止める人など誰一人いなかったのだ。

文藝春秋が寛容だったのはバクチや遊びごとだけではなかった。

酒に関しても、信じられないほどおおらかだった。なにしろ、一階の正面玄関を入ってすぐ右側にある、来客を迎えるサロンと呼ばれる広い応接スペースの一角にはバーカウンターが設えられていて、夕方五時以降にはそこのスツールに座ってただで洋酒を嗜むことができたのである。想像するに、酒好きだった経営陣が、外に出かけて酒を飲むのが面倒なので社内にバーをこしらえたのだろうが、もちろん新入社員が入り込むことなどできるわけもなく、有名な作家や評論家が夕方になるとどこからともなく現れて、只酒を舐めているのが見慣れた光景だった。

『週刊文春』編集部にある小さな冷蔵庫の中には、常にビールの小瓶がびっちりと入っていた。もちろん会社の経費で賄われたもので、誰でもただで飲むことができた。素晴らしい会社に入社したものだと感激した。こんな職場は今ではどこにもないだろう。花札で遊ぶときには冷えたビールを瓶の口からそのまま飲んだりしていたが、そのうちに、酔っぱらっていると勝負に負けることが多いのに気づき、あまり飲まなくなったものだった。

酒好きな先輩も掃いて捨てるほどいた。

出社するのは大概夕方で、暗くなると新宿ゴールデン街にタクシーで出撃する猛者（もさ）がいた。いったいいつ仕事をしていたのか不思議でならなかったが、当時は時間がゆったり流れていたので、それでもなんとかなったのだろうと思う。

やはり新宿の飲み屋で、酔っ払って必ず見知らぬ他人と殴り合いの喧嘩を始める物騒な先輩もいた。「いいか、まず相手の足を踏んづけて逃げられないようにしておいてからぶん殴るのがコツだ」とアルコール臭い息を吐いていた。

かと思うと、男同士、仲良く二人でカウンターバーに出かける先輩もいた。しかし、この二人は異様だった。飲むほどに酔うほどにわけが分からなくなり、お互いの耳たぶを口に含んでべちゃべちゃに舐め合いを始めるのである。このうちの一人は後に社長となったのだから世の中は恐ろしい（先のチンチロリンの社長とも、インベーダーゲームの社長とも別人である）。

社長になって人が変わったのか、もっともらしい顔をして訥々と話を始めるのだが、昔は人の耳を舐めていたのになあ、と思わず笑みがこぼれるのだった。

そんな印象的な体験が少なからずあったものだから、文士たちが書き綴った数々の泥酔の様子は、まったくの他人事として読むことなどできないのだった。うむ、そういうことはよくあることである、と思ったり、ああ、そんな人はいたよねえ、と共感したり。

狂乱の酔態を描いた文章を馬に食わせるほど読んでいるうちに、文士が自分自身の泥酔について書いたものは大概がつまらないということに気が付いた。本当に泥酔してしまったら何も覚えていないはずで、辻褄の合った文章など書けるはずなどないではないか。にもかかわらず、体裁の整った文章を綴っているとなると、そこには必ずや脚色や歪曲や糊塗が混じり込んでしまっているのである。

泥酔文章の傑作は、やはり文士が、他人の泥酔状態を辛辣に記したものではないかという気がする。しかもその泥酔者が普段はもっともらしい顔をして高邁な文学論をぶっていたり、難解な言説を吐き散らしていたり、愛読者を多く抱えていたりした方が、とりわけ愉快な気持ちになるのはおそらく、私の性格が歪んでいるからなのだと思う。

偉そうなことを言っていても、しょせん人間なんてチョボチョボのもんじゃないかという ことがあからさまになるのが、何とも言えず楽しいのである。

Ⅰ　中原中也伝説

中原中也の酒はタチが悪かった。すぐに眼が据わり、悪口雑言が飛び出し始める。渋谷百軒店の薄ぎたないバーで、顔をひんまげて怒鳴りちらしていた。

「逝きし世の面影・文士泥酔版」とでも言うべき本書のトップバッターは中原中也(なかはらちゅうや)である。山口県出身のこの天才的詩人は本当に困った人だった。

汚れつちまつた悲しみに
今日も小雪の降りかかる
汚れつちまつた悲しみに
今日も風さへ吹きすぎる

汚れつちまつた悲しみは
たとへば狐の革裘(かはごろも)
汚れつちまつた悲しみは
小雪のかかつてちぢこまる

(「汚れちまつた悲しみに」)

こんな抒情的な詩をいくつも書き残し、中原中也は三十歳でこの世を去っていった。黒くて丸いお釜みたいな帽子をかぶって、つぶらな瞳でカメラを覗き込んでいた詩人が、実は信じられないほど酒癖の悪い男だったとはなかなか信じられないが、実際、手のつけようのないほどひどいものだったと、何人もが書き残している。

大岡昇平（おおおかしょうへい）が中原中也に初めて会ったのは昭和三年の二月か三月のころだった。大岡は成城高校の二年生。中原は二十歳だった。

大岡が書いている。

二人共もう酒を飲みはじめていたが、中原は酒はまあ味噌っかすに近かった。一合ぐらいで、あの小さな体にアルコールが行きわたって来るのが、透けて見えるような工合だった。色はまあ白い方だし、薄い皮膚がすぐ桜色に染まって行く、と書くとひどくいい男みたいな描写になるが、眼はとっくに据わってるし、口から悪口雑言が出はじめているので、全然女にもてる酒じゃなかった。

こっちはなるべく逆らわないようにしながら、飲むほかはない。おでん屋なら、となりのテーブルの見も知らぬ強そうなのに、喧嘩を吹っかけないように、気を配っていなければならないので、結局安原喜弘のような大人しい献身的な男でなければ、交際い切れたものではなかった。

（「中原中也の酒」）

その頃、大岡の周りにいたのは、すこし年長の小林秀雄（こばやしひでお）、青山二郎（あおやまじろう）、永井龍男（ながいたつお）たちだったが、みんな酒が強い盛りで、飲みながら徹夜で議論をすることも少なくなかった。そんな時、一番先にわけが分からなくなってしまうのが中原中也だった。みんな困り果ててしまい、わけの分からないことをわめいている中原をまいて、どこかほかで飲み直すことになった。

そんなことが幾度かくり返されたため、中原は自分がのけ者にされていると思い、（実際その通りなのだが）神経衰弱になったりもしたが、それもこれも結局酒のせいだったと言えなくもない。

素面（しらふ）の中原は彼自身の主張する通りのおとなしい男で、おかずはミツバのおしたしだけでたくさん、と言ったたちの男だった。二人きりでいれば、決して喧嘩にはならない。ところがそこに酒が入ると、誰それのところへ行こうということになり、酒が進むと、僕を味方にして、その誰それさんに突っかかったり、或いは誰それさんの手前、僕をののしるという工合になるのである。
詩は夜中に気が向いた時に書くので、あとはひまを持て余しているのである。彼はごく若い時、この世界のいわば絶対ともいうべきものを見てしまった人間で、その考えは死ぬまで変るはずはなかった。
彼の歌はその絶対的なものが、世に容れられないなげきであり、またつまらぬ気苦労をしないですんだむかしへの郷愁でもあった。(略)
御機嫌のいい時で、

おお、いにし春よ
百鳥の、うた声、去り

なんて、マスネーのエレジーを、渋谷百軒店の薄ぎたないバーで、顔をひんまげて怒鳴っている中原である。
あとは、ことごとく、喧嘩である。(略)
中原は生きていても、もはや幕下であろう。幕内でがんばっていたら、酒に命を取られちゃってる。
(同前)

酔っ払った中原中也は太宰治にからんだ。「何だ、おめえは。青鯖が空に浮んだような顔をしやがって」とののしられて、太宰は這う這うの体で逃げ出した。

そんな中原中也から、太宰治(だざいおさむ)もひどい目にあっていた。幾たびか、からまれたことがあったからなのだろう。太宰は「中原とつきあうのは、井伏さんに止められているんでね」という口実を口にして、なんとか中原から距離を置こうとしていた。井伏鱒二(いぶせますじ)からそんな処世上の忠告を本当に受けていたのかどうか定かではないが、太宰は一方で中原の才能に一目置いていたことも事実だった。文字通り、敬して遠ざけるという態度に徹していたのだったが、残念ながら災いはむこうからやってきた。

檀一雄(だんかずお)の「小説　太宰治」に活写されている。

寒い日だった。中原中也と草野心平氏が、私の家にやって来て、丁度、居合わせた太宰と、四人で連れ立って、「おかめ」に出掛けていった。初めのうちは、太宰と中原は、いかにも睦まじ気に話し合っていたが、酔が廻るにつれて、例の凄絶な、中原の搦みになり、

「はい」「そうは思わない」などと、太宰はしきりに中原の鋭鋒を、さけていた。しかし、中原を尊敬していただけに、いつのまにかその声は例の、甘くたるんだような響きになる。

「あい。そうかしら?」そんなふうに聞えてくる。

「何だ、おめえは。青鯖が空に浮んだような顔をしやがって。全体、おめえは何の花が好きだい?」

太宰は閉口して、泣き出しそうな顔だった。

「ええ? 何だいおめえの好きな花は」

まるで断崖から飛び降りるような思いつめた表情で、しかし甘ったるい、今にも泣きだしそうな声で、とぎれとぎれに太宰は云った。

「モ、モ、ノ、ハ、ナ」云い終って、例の愛情、不信、含羞、拒絶何とも云えないような、くしゃくしゃな悲しいうす笑いを泛べながら、しばらくじっと、中原の顔をみつめていた。

「チェッ、だからおめえは」と中原の声が、肝に顫うようだった。

そのあとの乱闘は、一体、誰が誰と組み合ったのか、その発端のいきさつが、全くわからない。


(「小説　太宰治」)

檀は、もうひとつ記憶がはっきりしないものの、自分は太宰の助っ人にまわり、中原を諫めにかかったことをうっすらと覚えている。気がつくと、檀は草野心平（くさのしんぺい）の蓬髪（ほうはつ）を摑んで取っ組み合っていた。それから、ドウと倒れた。「おかめ」のガラス戸が、こっぱ微塵にはじけ飛ぶ。いつの間にか太宰の姿は消えていた。

檀は「おかめ」から少し手前の路地に大きな丸太を一本手に持って仁王立ちになり、中原中也と草野心平がやってきたら、一撃の下に脳天をカチ割ってやろうと構えていた。とにかくみんな若くて血気盛んな時期だったのだ。

後日、檀はその時の自身の精神状態がどう考えても納得できないものだったと振り返りつつ、その興奮状態だけははっきりと覚えていると書いている。不思議だ。あんな時期があるもんなのだ、と。

幸いにして、中原も草野も、別な路地を通って帰って行ったようだった。一緒に飲んでいた文芸評論家の古谷綱武（ふるやつなたけ）夫妻は驚いて、檀をなだめながらその手から丸太を奪い取った。

だが、太宰の災難はこれだけでは終わらなかった。再び檀を交えて中原と飲んだとき、中原は同じように太宰にからみ始めた。閉口した太宰はさっさと逃げ帰ってしまった。

（略）中原はひどく激昂した。
「よせ、よせ」と、云うのに、どうしても太宰のところまで行く、と云ってきかなかった。
雪の夜だった。その雪の上を、中原は嘯くように、
夜の湿気と風がさびしくいりまじり
松ややなぎの林はくらく
そらには暗い業の花びらがいっぱいで
と、宮沢賢治の詩を口遊んで歩いていった。
飛島氏の家を叩いた。太宰は出て来ない。初代さんが降りてきて、
「津島は、今眠っていますので」
「何だ、眠っている？　起せばいいじゃねえか」
勝手に初代さんの後を追い、二階に上り込むのである。
「関白がいけねえ。関白が」と、大声に喚いて、中原は太宰の消灯した枕許をおびやかしたが、太宰はうんともすんとも、云わなかった。
あまりに中原の狂態が激しくなってきたから、私は中原の腕を捉えた。（同前）
頭に血がのぼった中原は、「何だおめえもか」と檀の手を振りほどこうとするが、檀は

かまわず、そのまま中原を雪の積もった道に引きずりおろした。「この野郎」と中原は檀に食ってかかるが、なにしろ非力な小男である。簡単に雪の上に放り投げられた。「わかったよ。おめえは強え」、中原は恨めしそうにそう言った。

(略)それから車を拾って、銀座に出た。銀座から又、川崎大島に飛ばした事を覚えている。雪の夜の娼家で、三円を二円に値切り、二円を更に一円五十銭に値切って、宿泊した。

明け方、女が、

「よんべ、ガス管の口を開いて、一緒に殺してやる積りだったんだけど、ねえ」そう云って口を歪めたことを覚えている。

中原は一円五十銭を支払う段になって、又一円に値切り、明けると早々、追い立てられた。雪が夜中の雨にまだらになっていた。中原はその道を相変らず嘯くように、

汚れちまった悲しみに
今日も小雪の降りかかる

と、低吟して歩き、やがて、車を拾って、河上徹太郎氏の家に出掛けていった。多分、車代は同氏から払って貰ったのではなかったろうか。(同前)

中原中也から、そんな手ひどい仕打ちを受けたからなのかどうか、太宰は、「禁酒の心」という随筆で盃を打ち壊すべきだと鼻息荒い文章を書いている。

私は禁酒をしようと思っている。このごろの酒は、ひどく人間を卑屈にするようである。昔は、これに依って所謂浩然之気を養ったものだそうであるが、今は、ただ精神をあさはかにするばかりである。近来私は酒を憎むこと極度である。いやしくも、なすあるところの人物は、今日此際、断じて酒杯を粉砕すべきである。（「禁酒の心」）

ずいぶんと勇ましい言葉を吐いている。傍らに酔った中也さえいなければ、太宰はなかなか意気軒昂なのである。しかしである。この随筆の後半部分ではこんなことを書いている。

たまに酒の店などへ行ってみても、実に、いやな事が多い。お客のあさはかな虚栄と卑屈、店のおやじの傲慢貪慾、ああもう酒はいやだ、と行く度毎に私は禁酒の決意をあらたにするのであるが、機が熟さぬとでもいうのか、いまだに断行の運びにいたらぬ。（同前）

なんや、やめへんのかい！　と吉本新喜劇ならばつっこむだろう。

坂口安吾もまた、日本橋の「ウィンザア」という洋酒屋で、中原中也にからまれた。この店の「十七歳の」女給をめぐっての争いだった。

日本橋に「ウィンザア」という名の洋酒屋があった。
店内装飾は青山二郎で、牧野信一、小林秀雄、中島健蔵、河上徹太郎らがよく顔を見せていた。彼らは春陽堂から出ていた『文科』という同人雑誌の仲間だった。店は主に芸術家たちのたまり場となっていて、直木三十五なども顔を見せていたが、当時の文士は孤高を旨として虎視眈々、よく知らない同業者には顔を振り向けもしないから他に誰が来ていたか、坂口安吾は知る由もなかった。
この店に「十七歳」の女給がいた。恐るべき大酒飲みで、グラスにウイスキーを注ぐと必ず一息でグイッと飲んでみせる。そのうちに自分が何杯飲んだか皆目分からなくなるという始末で、モナミだかどこかの店でテーブルの上のガラスの花瓶を壊して六円を請求されると、別のテーブルの花瓶を取り上げてエイッとたたき割り、十二円払って出てくるという無茶苦茶な女給だった。しょっちゅう男と泊まったり、旅行をしたりしていて、自分は処女ではないと頑強に言い張っていたが、坂口は処女だと睨んでいた。坂口は少女より十一歳年上の二十八歳だった。

中原中也とは、この「ウィンザア」という店で初めて出会った。

中原中也は、十七の娘が好きであったが、娘の方は私が好きであったから中也はかねて恨みを結んでいて、ある晩のこと彼は隣席の私に向って、やいヘゲモニー、と叫んで立上って、突然殴りかかったけれども四尺七寸ぐらいの小男で私が大男だから怖れて近づかず、一米（メートル）ぐらい離れたところで盛にフットワークよろしく左右のストレートをくりだし、時にスウィングやアッパーカットを閃かしている。私が大笑いしたのは申すまでもない。五分ぐらい一人で格闘して中也は狐につままれたように椅子に腰かける。どうだ、一緒に飲まないか、こっちへ来ないか、私が誘うと、貴様はドイツのヘゲモニーだ、貴様は偉え、と言いながら割りこんできて、それから繁々往来する親友になったが、その後は十七の娘については彼はもう一切われ関せずという顔をした。それほど惚れてはいなかったので、ほんとは私と友達になりたがっていたのだ。そして中也はそれから後はよく別れた女房と一緒に酒をのみにきたが、この女が又日本無類の怖るべき女であった。

（「酒のあとさき」）

〝日本無類の怖るべき女〟だった中也の女房については後ほど詳しく書くとして、今は女給の話である。

この「十七歳の娘」の名前は坂本睦子（さかもとむつこ）と言った。

安吾は「十七の娘について彼（中也）はもう一切われ関せずという顔をした」と記し、中也はそれほど惚れてはいなかったと書いているが事実はそうではなかった。

坂本睦子は孤児同然の暗い幼年期を送ったのち、女子商業学校を出て内幸町（うちさいわいちょう）の大阪ビル地下のレストラン、「レインボウグリル」の喫茶室に十六、七歳でウェイトレスとして勤めるようになった。

当時、文藝春秋もこの大阪ビルにあった。大阪ビルは焦げ茶色の四角い八階建てのビルで上の方のぐるりには、西洋の怪神の彫刻が飾られていた。回転扉を押して入ると、紺色のワンピースの制服を着たエレベーターガールが待ち構えていて、六階に文藝春秋の受付があった。そんなわけで、作家や編集者たちはこの「レインボウグリル」を頻繁に利用していたため、睦子はあっという間に彼らの間で人気者になった。

とりわけ、直木三十五は目ざとかった。素早く睦子に近より、睦子の人生は一変する。直木は、睦子を木挽町（こびきちょう）の「文藝春秋倶楽部」に連れて行った。倶楽部は待合風の三階建てで、直木はその二階を自分の仕事場としていたのである。噂では、すぐに直木に処女を奪われたと言われている（『中原中也―永訣の秋』）。

この時から、愛称「むうちゃん」こと坂本睦子の輝かしい男性遍歴が始まる。直木三十五、菊池寛、小林秀雄、坂口安吾、河上徹太郎、大岡昇平……。

白洲次郎（しらすじろう）の妻であり、随筆家でもあった白洲正子（まさこ）は『いまなぜ青山二郎なのか』のなかで、非常に親しかった坂本睦子について、こう書いている。


（略）広い文壇の中で、尊敬されている先生から、尊敬している弟子へと、いわば盥（たらい）廻（まわ）しにされたのである。いずれも文壇では第一級の達人たちで、若い文士は先輩に惚（ほ）れて、先輩の惚れた女を腕によりをかけて盗んだのである。その亜流たちは、先生たちを真似（まね）てむうちゃんに言いよった。そういう意味では、昭和文学史の裏面に生きた女といってもいい程で、坂本睦子をヌキにして、彼らの思想は語れないと私はひそかに思っている。

白洲によれば、睦子は「李朝の白磁のように物寂しく、静かで、楚々とした美女であった」という。中也は何を思ったか、この睦子に結婚を申し込んでいるのである。プロポーズは本人に直接ではなかった。睦子は当時、木挽町に住む直木三十五の愛人、香西織江（こうざいおりえ）のところに住んでいたので、人を介してそこへ持ち込まれた。

しかし、実は、睦子は小林秀雄と付き合っていた。小林も手が早いというか、中也はどこまでもついていないというか。中也の申し込みが成就することはなかった。

もっとも、青山二郎によると、中也が睦子にプロポーズしたのは、小林秀雄にいやがらせをするためだったという。

その後の睦子の身の上について、もうすこしだけ書いておきたい。

睦子は多くの文士たちから愛されたが、大岡昇平はその何人もの男の手から睦子を奪い取って愛人とした。

幾人もの文士に愛された坂本睦子とは、いったいどんな女性だったのだろうかと強い興味がわいた。グーグルで検索してみると一枚の写真が現れた。どこかの庭だろうか。大きな灯籠の横に二人とも和服姿で並んで写っている。大岡は丹前で、懐手ですこし恥ずかしそうにカメラを見つめている。睦子は髪をひっつめにして優しく微笑んでいる。
愛人関係は八年間続いた。
その間、大岡の妻の自殺未遂騒動が何度かあり、ついに二人は別れることになる。
そしてしばらく後の、昭和三十三年四月十四日、睦子は薬をのんで自殺した。
発見されたのは二日後だった。
白洲正子が書いている。

> その日の夕方、私は大岡さんから電話を貰った。圧えつけたような声で、報告を受け、私は大久保にあるむうちゃんのアパートへ駆けつけた。何となく予期していたものがついに来たという感じであった。
>
> むうちゃんは、桜の花のように、透き通った顔をして眠っていた。
>
> お通夜には二十人ほど集っていたが、その中にはもちろん青山二郎と大岡昇平の顔もあり、誰からともなくさまざまの話を聞いた。（略）
>
> 夜が更けるとともにもう話すこともなくなって、火鉢にあたりながら、それぞれが自分の想いの中に深く沈んでいた時、突然、大岡さんが泣き出した。びっくりするような大声で、慟哭というにはあまりにも子供っぽく、ただ泣きに泣くのである。意地

悪な昇平さんにそういう純真な一面があることを私たちは知っていたが、この時ばかりは慰めようがなく、いたずらに火鉢の灰を見つめるのみであった。

（『いまなぜ青山二郎なのか』）

そのあと、白洲正子は青山二郎夫妻と新宿に出て食事をし、小田急のプラットホームまで送られた。終電には何とか間に合いそうだった。

そのプラットホームに、あろうことか『文藝春秋』編集長の田川博一（たがわひろいち）が待ち構えていた。

「坂本睦子のことを書いてもらえないだろうか」

と田川は苦みばしった表情で迫った。とてもそんな気になれない白洲正子は「いやです」と峻拒した。「いや、そう言わずに何とか」と押し問答を続けているうちに終電は出て行ってしまった。そばで成り行きを見守っていた青山二郎が見かねて口をはさんだ。

「お前さんが書かないと、むうちゃんは、週刊誌なんかで、あることないこと書かれるよ。あとになって、それは違う、むうちゃんはそんな人じゃない、っていったって遅いんだ。誰も耳を貸してはくれない。こういうことは、早いが勝ちだ」

話を聞いているうちにその気になってきた白洲は、田川に麴町（こうじまち）の宿屋に連れていかれてカンヅメにされた。締め切りは二日後だった。正子は二晩徹夜をした。そうして書きあげられた原稿は「銀座に生き銀座に死す――昭和文学史の裏面に生きた女」と題されて、『文藝春秋』の昭和三十三年六月号に掲載された。

こんな書き出しで始まっている。

むうちゃんが死んだ。

寝床の中で、両足をしばり、湯たんぽを入れて、死んでいた。

枕元には、遺書があり、検死はなるべく簡単にして貰うこと、誰にも知らせず、葬式もあっさりと、無縁仏にでもしてほしい、そういった意味のことが記してある。もう何もかも面倒くさいという風で、がま口には、二十円残っていた。

一人のバアの女が、世をはかなんで自殺した。いかにもありふれた事件である。かわいそうに。そうして今夜もすぎ、明日は忘れてしまうだろう。ことに春さきは、日に何十件もある事件とあっては、取りあげる新聞もなかった。

記事は十一ページにも及ぶ。十年来の親友であった白洲正子は、坂本睦子の一筋縄ではいかない数奇な人生をたどりながら鎮魂の言葉を静かに紡ぐ。

数多くの文士たちの間を遊弋（ゆうよく）した生きざまについてもこう書いた。

（略）世に文士ほど人間くさいものはない。愛人を得ることと名声を保つこと、いやその上に先輩をしのぐ程又とない栄光があるだろうか。その最後のものは、個人的な喜びというより、むしろ彼等の宿命といえよう。何故なら、過去を乗り超えることによってしか、文化は発達しないからだ。単なる競争意識ではない。昨日の落葉が、明日の肥となるのは、自然がしめす美しい感謝の一形式である。

新進気鋭の文学者達にとって、それらのものをことごとく備えている女性が、理想の権化の如く映ったのは当然といえよう。彼等は奪った。血を血で洗う争いだった。奪われたものは大地をかきむしって泣き、呪い、恨みは長く尾をひいた。再びいうが、それは只の女を失うことではなかった。といって、現実には只の女を失うことであった。人生の何もかも知りつくし、人の心の奥底を極めた達人が打ちのめされ、憔悴し切った姿は、男心の愚かさと美しさの極みであり、人間の矛盾をむき出しにして見せつけた。かたわら女は、奪われる度毎に、月光の美しさを増して行く。彼女が浮気だったのでもなければ、弄ばれたのでもない。自分の意志ではなく、——元より意志なんてものがあろう筈はない——一人の男から、他の男へと移り行く運命にあり、またそのことが次第に一つの型をつくり上げて行った。そして、生涯、その型の中から出られなかった。誰の罪でもない。人間関係の描く絵模様は、何と緊密に、互いに身動きならぬ線でひき合っていることだろう。

一方、かつての愛人に死なれた大岡昇平は、昭和三十三年四月十六日の『作家の日記』に、こう書いている。

旧友坂本睦子の自殺を知る。十四日中に薬を飲んだのだが、発見が二十四時間以後になるよう処置が取られてあったので、手当が出来なかったのである。

先頃『婦人朝日』で和田芳恵さんが書かれたように、拙作『武蔵野夫人』の主人公は、故人の俤(おもかげ)を一番かりている。僕は自殺は罪悪だと書いたつもりだったが、それはまったく故人の知ったことではなかった。

故人の親友石田愛子も脳溢血で入院中で、再起の見込はない。若い二人がビヤホール・ミュンヘンのカウンターに並び、愛国行進曲がホールに鳴り響いていた頃は一つの時代だった。それから銀座も変り、二人は年をとった。一つの時代の終焉と人の噂も七十五日だろうが、親族へ宛てた遺書に、誰にも知らせないで、検屍が辛いと書いてあった。

大岡はわざわざ「旧友坂本睦子」と書いている。旧友などでは断じてない。睦子は、八年もの間、自身の愛人だった女性である。そんな女性の自殺を前にして、大岡は「一つの時代の終焉」としか日記に書けなかったのだろうか。無残である。

酒を浴びたあとの中原中也の狼藉は枚挙にいとまがない。警察に捕まったこともあれば、中村光夫に向かって「殺すぞ」と脅したことさえあった。

先に、坂本睦子の勤めていた店の名前を坂口安吾のエッセイに従って、洋酒屋「ウィンザア」としたが、正しくは「カフェー・ウィンゾァー」と呼んだらしい。この店がオープンしたのは昭和六年十二月。青山二郎の義弟が店主だった。京橋の横町を入ったところにあった十二坪ほどの酒場で、床の三分の二ほどは煉瓦敷で、そこにウィンゾァー・チェアーと呼ばれる英国の古い椅子が並んでいた。今日出海（こんひでみ）、中島健蔵、大岡昇平が常連だった。井伏鱒二や佐藤正彰もしばしば現れた。坂本睦子が初めて酒場に出たのがこの店で、先に安吾は睦子が十七歳のように書いているが、実際は十九歳くらいだったと青山二郎は書いている（「世間知らず」）。

睦子を求めて中也はこの店に通い詰めたが、いつものように酔って狂乱を繰り広げた。ある時は、ヤクザのような男にひどく殴られた。一方の頰はゲンコツで、もう一方は壁にぶつけられて顔をひどくはらした。「やったやつは小林秀雄の用心棒だ」と中也は呟いた。

しかし、大岡昇平によると、中也が「小林の用心棒」と呼んだ男は菊池寛の甥で文藝春秋社員の菊池武憲だった。菊池が暴力を振るうのを見とがめて坂本睦子は必死で制止しようとした。これを見て中也は、睦子は俺に惚れている、と勘違いしたが、残念なことに、睦子は別の男と京都へ駆け落ちするのだった。

「カフェー・ウィンヅァー」は中也の酔った上での狂乱のせいで一年ほどでつぶれた（『中原中也──永訣の秋』）。

「カフェー・ウィンヅァー」がつぶれた後、行き場をなくした文士たちは赤坂にあった青山二郎の家へ押しかけるようになった。昼間から来る猛者もいたという。河上徹太郎はどこかで飲んだ後、真夜中に人をともなってやってきた。いきなり、「ビフテキ！」と命令するので青山はいつでも肉を用意していた。一人っ子の中島健蔵は小学生のようにおとなしく、深田久彌（ふかだきゅうや）は女房がカリエスの手術をするというのに居続けして帰らなかった。小林秀雄もやって来た。妙なエピソードを青山二郎が書いている。

小林は鎌倉に移っていたが母親と二人きりだから、余り几帳面には帰らない。

「今月は何も書かなかったので、金を持って帰らなければお袋が困る」

と言ったので、私の女房が小林に五十円渡した。その晩は大岡昇平、佐藤正彰、もう少し誰かいて、四五人で新宿の「まるや」という酒場で飲んだ。飲んで表テに出ると、小林と佐藤が東海通りで相撲を取ったりした。そして一同は横町のソバ屋に入った。佐藤がソバの講釈を始めた。気が附くと、小林の財布がない、相撲を取った時落したのである。

「金を落した——」と言うと、小林はいきなり（ソバの講釈をやっている）佐藤の横ッ面をピシャリと張り飛ばした。ソバの講釈がソバ屋に入ると直ぐに出て来る、恁ういう話し方は誰も嫌いだったが、中原でもいない限り不断は大概我慢したものだ。

その翌日だったたか、小林が泊っていて河上が昼間来た。小林は私の申し出でを断ったが、河上の顔を見ると矢張り金を貸して呉れと頼んだ。

「何に要るんだい」と河上が聞いた。すると、この時も長火鉢の向うから小林はいき

なり、河上の横ッ面をピシャリと張った。二人は口を利かなかったが、河上の眼から
ホロホロと一筋の涙が流れた。（「世間知らず」）

もう、小学生の集団のような話であるが、この時、小林秀雄も河上徹太郎も三十一、二歳のはずである。

話を中原中也の乱暴狼藉に戻そう。

昭和四年の四月中旬にはこんなことがあった。中也は友人二人をともなって渋谷へ繰り出した。当然、酒盛りとなり、最後の店は百軒店（ひゃっけんだな）の「千代田軒」という洋食屋だった。三人は十二時をまわったころに店を出た。

酔った中也は人影の消えた百軒店の路地裏の坂を駆け下りて行った。コウモリ傘を手にしている。雨上がりの夜だった。中也は、農大正門から道玄坂に通じる道路を横切ったかと思うと、コウモリ傘で角の家の軒灯のガラスを叩き割った。まるではしゃいだ子供のようだったと友人は述懐する。すると、物陰から男が現れた。渋谷の町議会員だった。友人二人は何とかとりなそうとしたが、男は譲らない。三人は渋谷警察署に連れていかれ、何の取り調べもなく別々の監房に入れられることになった。

友人二人は拘留五日。しかし態度の悪い中也の拘留は十五日間に及び、警察官への恐怖

心が、トラウマとなった（『中原中也―盲目の秋』）。

また昭和八年にはこんな狂乱もあった。新婚の中也は四谷の花園アパートで新生活をスタートさせた。それを祝って友人たちが集まり酒盛りが始まった。

その時のこと、酔った中也は突然「殺すぞ」と怒鳴って、訪れていた初対面の中村光夫（なかむらみつお）の頭をビール瓶の腹で殴ったのである。友人の一人が「殺すつもりなら、なぜ瓶のフチで殴らないのだ」となじると、「俺は悲しい」と叫んで泣き伏した（『中原中也―永訣の秋』）。

文芸評論家として脚光を浴びる中村光夫に嫉妬してのことだと言われているが、当の中村は「中也の悲しみがわかるので、怨む気持ちになれない」と述懐している。

もっとも、次に中村に会ったとき、中也は今度は首を絞めた（『文人悪食』）。


大御所・萩原朔太郎は、中原中也がこんな酒乱になってしまったのは、まわりにいた仲間にも責任の一端がある、と叱るのだが。

中也の常軌を逸した酔態を知ると、そんなことを言われてもと思わずにはいられない。

だが、萩原朔太郎（はぎわらさくたろう）はなぜか中也の肩を持つ。自分に似た気質を中也の中に感じ取っていたからなのだろうか。

中原君の詩はよく読んだが、個人としては極めて浅い知合だった。前後を通じて僅か三回しか逢って居ない。それも公会の席のことで、打ちとけて話したことはなかった。ただ最後に「四季」の会で逢った時だけは、いくらか落付いて話をした。その時中原君は、強度の神経衰弱で弱ってることを告白し、不断に強迫観念で苦しんでることを訴えた。話を聞くと僕も同じような病症なので、大に同情して慰め合ったが、それが中原君の印象に残ったらしく、最近白水社から出した僕の本の批評に、僕の人物を評して「文学的苦労人」と書いてる。その意味は、理解が広くて対手の気持ちがよく解る人（苦労人）というのである。僕のちょっとした言葉が、そんなに印象に残ったことを考えると、中原君の生活はよほど孤独のものであったらしい。大体の文学者というものは、殆んど皆一種の精神病者であり、その為に絶えず悩んでいるようなものであるが、特に中原君の如き変質傾向の強い人で、同じ仲間の友人がなく、その苦痛を語り合う対手が居なかったとしたら、生活は耐えがたいものだったにちがいない。前の同じ文中で、中原君は僕のことを淫酒家と言ってるが、この言はむしろ中原君自身の方に適合する。つまり彼のアインザアムが、彼をドリンケンに惑溺させ、酔って他人に食いついたり、不平のクダを巻かさせたのだ。この酒癖の悪さには、大分友人たちも参ったらしいが、彼をそうした孤独の境遇においたことに、周囲の責任がないでもない。つまり中原君の場合は、強迫観念や被害妄想の苦痛を忘れようとして酒を飲み、却って一層病症を悪くしたのだ。所でこの種の病気とは、互にその同じ仲間同士で、苦悩を語り合うことによって慰せられるのだ。酒なんか飲んだところで仕方がないのだ。

中原の最近出したラムボオ訳詩集はよい出来だった。ラムボオと中原君とは、その純情で虚無的な点や、我がままで人と交際できない点や、アナアキイで不良少年じみてる点や、特に変質者的な点で相似している。ただちがうところは、ラムボオが透徹した知性人であったに反し、中原君がむしろ殉情的な情緒人であったという一事である。このセンチメントの純潔さが、彼の詩に於ける、最も尊いエスプリだった。

（「中原中也君の印象」）

「彼のアインザアムが、彼をドリンケンに惑溺させ」というあたりを読んでいると吹き出しそうになるが、朔太郎は大真面目なのである。

であればあるほど、また笑いそうになるのだが。

えらそうなことを言う萩原朔太郎だが、中原中也から「淫酒家」と呼ばれるだけのことはある酒飲みだった。二日酔いを呪詛する文章はさすがに詩人である。

泥酔の翌朝に於けるしらじらしい悔恨は、病んで舌をたれた犬のようで、魂の最も傷々しいところに噛みついてくる。夜に於ての恥かしいこと、醜態を極めたこと、みさげはてたること、野卑と愚劣との外の何物でもないような記憶の再現は、砒毒のような激烈さで骨の髄まで紫色に変色する。げに宿酔の朝に於ては、どんな酒にも嘔吐を催すばかりである。ふたたびもはや、我等は酒場を訪わないであろう、我等の生涯

朔太郎はさすがに詩人である。

ただ気持ち悪いだけの二日酔いも、朔太郎の手にかかるとこんなに浪漫的な色彩を帯びる。中也からしばし離れるが、言葉の魔力に酔いしれていただきたい。

に於て、あれらの忌々しい悔恨を繰返さないように、断じて私自身を警戒するであろう。と彼等は腹立たしく決心する。けれどもその日の夕刻がきて、薄暮のわびしい光線がちらばう頃には、ある故しらぬ孤独の寂しさが、彼等をして場末の巷に徘徊させ、また新しい別の酒場にまで、彼等の酔った幸福を眺めさせる。思えそこでの電燈がどんなに明るく、そこでの世界がどんなに輝やいて見えることぞ。そこでこそ彼は真に生甲斐のある、ただそればかりが真理であるところの、唯一の新しい生活を知ったと感ずるであろう。しかもまたその翌朝に於ての悔恨が、いかに苦々しく腹立たしいのであるかを忘れて。げにかくの如きは、あの幸福な飲んだくれの生活ではない。それこそは我等の、我等「寂しき詩人」の不幸な生活である。ああ泥酔と悔恨と、悔恨と泥酔と。いかに悩ましき人生の雨景を蹌踉することよ。

(「宿酔の朝に」)

萩原朔太郎は心の底から酒が好きだったということがよく分かるではないか。なるほど「淫酒家」とはうまいことといったものである。

Ⅱ 悪口雑言と狼藉

中原中也の顔を評して「よごれたゴムまりをぬれ雑巾でひと拭きしたような顔」と永井龍男が言えば、「どこにでもいるオトッツァン顔だよ」と大岡昇平。

中原中也の話に戻る。

中也には有名な肖像写真がある。黒いボールハットをかぶり、黒目がちの瞳をじっとカメラのレンズに向けている例の写真である。

しかし、実際の顔はそんなもんではなかったというのである。「よごれたゴムまりをぬれ雑巾でひと拭きしたような顔をしていた」と永井龍男が評すれば、大岡昇平は、あの写真は複写・レタッチを繰り返したため中也本人とかなり違うものになっていると嵐山光三郎に語っている。本来の顔は、「皺が多いどこにでもいるオトッツァン顔だよ」と（『文人悪食』）。

大正十三年、中也は同郷の女優・長谷川泰子と京都で同棲を始めた。ちなみにこの女性のことを坂口安吾は「日本無類の怖るべき女」と評している（三八頁）。

翌年、中也は二人で上京するが、泰子は富永太郎を通じて小林秀雄と知り合って惚れこんでしまい、たちまち中也を捨てて小林と同棲を始める。しかし、長谷川泰子の言動は常軌を逸していた。泰子の異常な精神状態に耐えきれず、昭和三年、ついに小林は出奔してしまう。

泰子との生活がいかに辛かったかを、小林は妹への手紙で縷々訴えている（『中原中也―盲目の秋』）。

例えば電車の中で一言言った言葉を後になって僕に思い出さす、僕が思い出せないと往来で僕の横っ面をピシャリとはる。悪口雑言する、それで気がすむんならいいのだが如何しても僕が思い出さない内は家に帰らない、十二時すぎてもウロウロしているのだ、僕が癇癪起こしてぶち返そうもんなら大変だ　御機嫌を直すのに朝までかからねばならぬ。こんな事はほんの一例だ　例をあげ出したら切りがない、兄さんは常に誠実だったよ、幾万回とない愚劣な質問に一つ一つ答えていた、幾万回とない奇妙な行動（と言っても解るまいが、障子を二度しめろとか返事を百度しろとか、手拭を十八度洗い直せとかいう奴だ）をちゃんとやって来た、さてこれが病気か（中略）然し剃刀を振り廻したり首をくくろうとしたりする狂態を毎日見せつけられる事は、その事それだけで大変な苦痛だ。

白洲正子もまた、泰子の異様な潔癖症について小林本人から聞かされた話として恐ろしいことを書いている(『いまなぜ青山二郎なのか』)。

泰子はいつも虎の皮の上に座っていて、そこ以外の世界は不潔だと思っていたらしい。たとえば自分の着物の裾が少しでもはみ出ていると、わけがわからなくなって泣き叫ぶ。また小林が外から帰って来て、玄関まで歩いてくる足音が、自分の思っている数に合わないと錯乱する。また、雨戸を繰る音を、いつも手拍子で数えており、自分の間(ま)から外れるとわめき出したという。

長谷川泰子のそんな狂態に、さすがに愛想が尽きた小林秀雄は行方をくらました。心配した友人たちは手分けをして必死に小林を探し求めた。

中也にしてみれば、奪われた恋人を取り戻すチャンスが到来したわけである。

その時の中也の様子を大岡はこう書く。

(略)中原のこの時のはしゃぎ方は、今考えても胸が悪くなるようなものである。

中原の浮き浮きした様子は小林の行方と泰子の将来を心配している人間のそれでは

なかった。もめごとで走り廻るのを喜んでいるおたんこなすの顔であった。

（『朝の歌　中原中也伝』）

実に辛辣な表現ではないか。

辛辣と言えば青山二郎もなかなかの表現力の人だった。

長谷川泰子は晩年は日本橋でビルの管理人を勤めたりし、平成五年、老人ホームで亡くなったのだが、晩年の彼女の容貌の印象を青山二郎はこう表現したらしい。白洲正子が書いている。

［長谷川泰子は］自伝も書いているし、最近テレビの映画にもなった。かつてはグレタ・ガルボに似ているとかいって、一風変った美人であったらしいが、私が会った時は、ジィちゃん［青山二郎のこと］の形容を借りていえば、「備前焼のビリケン様」に変貌（へんぼう）していた。

（『いまなぜ青山二郎なのか』）

大岡昇平は気も短いが、口も悪かった。中原中也の顔を「おたんこなすの顔」とまで言い切ったが、吉田健一に対してもなかなか手厳しいことを言うのだった。

もう少し、大岡の「口の悪さ」を楽しむことにしよう。

ここから舌鋒は、中原中也を離れて吉田健一(よしだけんいち)に向かう。

吉田健一は吉田茂の長男であり、ケンブリッジ大学を中退して帰国した後、文芸評論家となったが、その悪文には私もかねがね、辟易(へきえき)していた。こんな文章で、よくぞ大岡や小林秀雄らと交友関係を結べたものだと不思議に思っていた。どんな悪文か。

たとえばこうである。

飲むのも食べるのと同じで、要するに、飲めばいいのである。ただ一つ、面倒なのは、食べていればそのうちに限度に達して、それでも食べれば気持が悪くなり、しまいに腹を壊すが、客に呼ばれてそれ程食べさせられるのは昔の正式の支那料理位なものであり、気持が悪くなるまで食べても別に他人に迷惑は掛らないのに対して、飲む方は、飲んでいれば酔って来ることである。

幾ら飲んでも酔わない豪のものならば、何も問題はない。併しこれを又別な面から見れば、折角飲んでも酔わないというのも勿体ない話で、事実は、大概のものは引っきりなしに飲んでいる間に酔って来る。酒の功徳であると同時に、そこが注意を要する所なので、いい気持で酔っているうちはいいが、それから訳が解らなくなり、意識がぼやけて来て、そうすると例えば、金槌を持ち出して来て皿を一枚一枚割って打ち興じたり、虎が月に向って吼える真似をして大声で唸るのを続けたり、人の髪を摑んで抜けるかどうか験して見たりしても、もうそれを止める筈の自分というものが、どこかに行っていなくなっている。そしてこうなれば、他人には大迷惑で、殊に主人に対しては、謝るだけではすまない場合も生じて来る。昨晩は君ん所で酔っ払って君の赤んぼの上に寝転って殺してしまったそうだね。すまなかった。これも酒の上でのことなのだから許してくれ給え、と言おうと思う頃には、もう刑事かお巡りが来ている筈である。赤んぼを殺せば過失致死罪、料理屋で皿割りをやれば損害賠償、という種類の結果を免れる為には、従って、酔っても余り酔わない工夫が肝腎になる。

（「作法無作法　飲み方」）

おぬし、酔っ払ってるのか？　と問いたくなるほどの世迷言（よまいごと）である。大岡昇平も同じように感じていたに違いない。
こんなことを書いている。

吉田の日本語を今日あらしめたのは、専ら河上徹太郎の薫陶ということになっている。しかしその先生自身は稀代の悪文家であるから、その痕跡は彼の文章のいたるところに残っていて、いくら匿名を使っても、いっぺんでばれてしまう。（『小林秀雄』）

大岡が俎上に載せたのは吉田の文章だけではなかった。

（吉田健一は）素面の時は、イギリス仕込みの礼儀正しい少年紳士で、人に会いたいと思う時、訪問するのは間違っている。よろしく相手をこっちへ招待して、断る自由を相手に与うべきだ、と教えてくれたのも彼なら、婦人の前でやたらズボンに手を突込んではいけない、と戒めたのも彼である。

それかあらぬか、彼はいつも両手をズボンから出して、体の上半身前方の空間に支えている。そしてシェイクスピアとブランク・ヴァースについて絶叫する時、それを急ピッチに頭上より高くあげ、おろす。しかも両肱は礼儀正しく両脇を離れないから、ひどく苦しげな姿勢になる。

青山二郎は「よいよいの滝上り」と評した。またわれわれとはどこか発声法が違う声を「お寺の障子」といった。お寺の障子は普通のものより、桟が荒い。それが破れていて風が鳴り「ほわん」といえば、まず吉田が時々発する奇声に近いのである。

（同前）

話は吉田の飲みっぷりにも及ぶ。

吉田健一の傍若無人の酔払いぶりは、この頃堂に入った形跡があるが、僕がはじめて会った昭和六年頃は、ケンブリッジから帰ったばかりで、無論それまで酒なぞ召し上ったことはなかったであろう。だから裏銀座のきたないバーで突如吐き気を催されたのも無理からぬ次第であったが、彼は椅子に反ったまま上方へ吐き出したので、ものは噴水のように四方に飛散して、彼の顔面と上衣をよごしたのであった。

（同前）

事実ならば、実に悲惨な光景である。いや、それが事実なのだった。

吉田健一の「噴水ゲロ事件」は衝撃的な出来事だったに違いない。その一部始終を詳細にレポートしている『文学界』の編集者がいた。奇特な人である。

「出張校正」ということを知っている人はまだいるだろうか？

ひょっとして今では編集部にいながらにして、パソコンを操作すれば校正はすぐに終わるのかもしれないが、昔はそんな簡単な作業ではなかった。筆者から原稿が手渡されるのは必ず締め切りぎりぎりになるので、印刷所も顔色が変わった。悠長に編集部で作業している場合ではない。印刷所まで来い、というわけである。

私は一九八〇年代初め、月刊『文藝春秋』の編集部員だったので、月末になると編集部員全員うちそろって、板橋区志村にある凸版印刷板橋工場の出張校正室に出向いていた。出張校正室とは名ばかりで、その部屋は警察の取調室のように殺風景で机と椅子があるばかり。その当時はみんなが煙草を吸っていたので、部屋は恐ろしくヤニ臭く、壁は真っ黒だった。冬ともなると暖房は旧式のエアコンのみで、そこから乾燥した熱風が吹き出し、顔から原稿まで、乾いてパリンパリンになったものだった。

原稿を入れると、植字工が一字一字、活字を拾って組んでいた時代である。大急ぎで組んだゲラが出てくると、一部は校正にまわり、他は編集者に手渡される。作家の寄稿ならば、ゲラを作家に見てもらわねばならない。急いで封筒に入れ、当の作家のもとに馳せ参じるのである。

この校正作業は朝八時ころまで続く。それが三日続く。

食事は大通りに面した蕎麦屋によく行ったが、校正室の大きな机の上には、女性部員がデパートで買ってきた膨大な食料（寿司、焼き鳥、コロッケ、サンドウィッチ、大福餅など）が広げてあったので、四六時中何かを食べているような具合だった。

次に掲げる文章は『文学界』の編集者のもの。ただし、その年代は私の経験したころよりもずっと前の時代のことなので、すこし事情は違う。印刷所も凸版印刷ではなく共同印刷の頃だろうか。

かつては牧歌的だったのが羨ましい。

校了日がたのしみだった。あとで「文春」の編集にかかわってからわかったことだが、社のドル箱だった本誌［月刊『文藝春秋』のことを社員は「本誌」と呼んでいた］の校了日はたいてい暁方になった。そのまま編集部一同打そろって上野の「あげだし」に出向き、風呂に入って一杯やるのが恒例になっていた。赤字雑誌の「文学界」

はそんなわけにいかない。自前で銀座に飲みにでるわけだが、自前といっても金を払うのは［河上］徹太郎さんか［小林］秀雄さんぐらいのもので、［大岡］昇平、［中村］光夫、［吉田］健一、［西村］孝次、［伊集院］清三の諸公に小生まで加わって、みんな金もないくせにあたり前みたいに一緒に飲んで歩いた。銀座ではもと文学界社主野々上慶一さん、筑摩書房の古田［晁］さん、創元社の小林茂さんがたいてい一緒になった。まるで「文学界」の校了日を知っているようなものだった。

（「「文学界」出張校正室」）

出雲橋の「はせ川」で飲んでいる分には、みんなおとなしかったが、京橋の「さんみや」という鴨の鉄板焼を食わせる店になると、なぜかみんな荒れた。

ここの白ブドー酒を飲みすぎるのがいけないんだと、みんな知っているはずなんだが、ひとりやふたり、かならず荒れるのがでてくる。徹太郎さんの「酔漢」ぶりは秀雄さんの文にも明らかだが、みんな馴れっこになっているので、さほど気にならない、光夫さんや孝次さんが突如として酔を発すると大変だった。いかに聡明なご両人も、こうなればただの酔っぱらいである。ここは大男の古田ん棒の膂力による羽交締めぐらいしか効果はなかったようである。そんなとき、ちっとも飲まない清三さんと、一番飲んでいる健一さんは、さすがに血がつながっているだけに同じような顔をして、腕組みしたまま台風の過ぎるのを待っている、違いといえば健一さんの組んだ腕の先に、まだ飲みかけの「白」のコップがあることくらいだった。（同前）

ここまではまだ穏やかな飲酒風景である。面白くなってくるのはここからだ。

その頃、吉田は銀座の裏路地にあるバーの美人に岡惚れだった。この日、吉田は京橋の「さんみや」に寄ることもなく、目当てのバーに直行すると、休みなく飲み続けた。

（略）べつに口説くわけでもない、じっとその美人の顔をみながらただ飲んで、だんだん酔っていくのである。酔うにつれて顔がだんだん上をむいていく。［河上］徹太郎さんは酔うと店においてある観葉植物の葉っぱをむしって食べる癖があって、自分がうまいと思うと人にもすすめる。そのとき、徹太郎さんが上を向いている健一さんの口にゴムの木の葉っぱを押しこんだのである。そのころから多少悪食のきらいのあったこの人は、そのままの姿勢で、手もつかわずに、口をもぐもぐさせながら、かなり時間をかけてその葉をたべてしまった。やれやれと思っていると突然はきはじめた。葉っぱではない、それまで飲んだアルコール分を、まるで噴水のように天井にむかって出しはじめたのである。口で調節しているわけでもあるまいに、水分だけが数十センチも噴きあがっていた。こんな綺麗なゲロは、後にも先にもみたことがない。なお、美人とのことは、片想いに終ったらしい。

（同前）

このエッセイの筆者である式場俊三（しきばしゅんぞう）は『文学界』の編集長を昭和十三年、十四年と務めているから、そのころの話だろうか。ちなみに式場の前の編集長は中原中也をぶん殴った菊池武憲だった。

吉田健一の文章の師匠であり、かつまた吉田の口の中にゴムの木の葉っぱを押しこむという無茶をはたらいた河上徹太郎もまた困った酒飲みだった。

文芸評論家の河上徹太郎は、吉田健一に酒の飲み方を教えたのは俺だと、自慢げに書いている。

それから私は彼に酒を飲むことを教えた。彼はイギリスでは先ず全然飲まなかったらしかった。私は彼を銀座のはせ川だのエスパニョールだの、時には浅草の公園裏の待合だのに連れていった。彼はどこへ行っても大酒を飲み、大めしを食らい、そして少しもお勘定を払わなかった。後から考えれば、そんなことは先輩に対して失礼だという気もあったらしい。とにかく私の淋しい懐ろにはいつも痛かった。

それに、元来素質のある彼はちっとも酔わないので、一度私は、酒ってものは何度もゲロを吐いて苦しい思いをしなければ、本当の酒飲みにはなれないんだぞ、といってやった。すると彼は立上り、バーの梯子段の上から天井を睨んで、鯨が潮を吹くようにゲロを吐いた。お蔭でママの洋服が台なしになった。

（「吉田健一」）

河上の薫陶のせいで、吉田は以前から噴水ゲロを吐いていたことが分かる。

かく言う河上自身も質の悪い飲ん兵衛だった。『文藝春秋』一九七二年十一月号の巻頭随筆に「わがトラ箱記」というタイトルで困った随筆を寄せている。よく知られたエピソードなのであらためて紹介するのも気が引けるが、ことの成り行き上、避けて通るわけにもいかない。

その日、河上徹太郎は銀座の「レンガ屋」（随筆ではR屋となっているが、レンガ屋に間違いない）で、タンシチュウなどを赤葡萄酒で流し込み、コーヒーを飲んでいた。

と、そこへこの店の常連の洋画家・佐野繁次郎（さのしげじろう）が現れた。この画家はレンガ屋の店名をたどたどしくも味のある手書き文字で書いたその人である。誘われるままに同席し、愛用のブランデーを一本テーブルの上に置いて懐旧談に花を咲かせた。

覚えているのはそこまでである。

（略）そこを出てからしばらく記憶が途切れる。

気がついて見るとベッド、といいたいけど、医者の診察室にあって腹を診（み）る時寝かされるあのリノリウム張りのベンチの上に寝ていた。枕許には水洗便所がむき出しであった。

それはいいけど、壁も窓も扉も頑丈な金網ばりである。私はふとソルジェニチンの小説の主人公のような気がした。

しかし扉は中から叩くとすぐ係官が外から鍵で開けてくれた。取りあえず水を一杯所望するとコップについで持って来て下さった。

警察官も親切なものだ。「おうちで心配してるといけないから電話をかけて上げましょう」と電話をかけてくれる。警察からの電話を受けた妻は驚き、「で、今どうしてます？」と聞き返すと、「いや、もうキ然としていらっしゃいます」との返事。

結局、妻の妹夫婦が車で迎えに来てくれた。

「あにはいったいどうしていたのでございますか？」

と聞くと、警官は、

「いやなに、原稿が出来て届けたら気が弛んでお酒が過ぎたらしいのです」

と答えた。


「いろいろ御世話になりましたが、御礼にウイスキーで皆さんと乾杯したいけど、どこかで手に入りませんかしら」

というと、いや、われわれは今勤務中ですから、と固辞された。

帰りの車の中で私は義弟に、

「あすこのおまわりさんはホテルのボーイさんみたいに親切だね」

というと、弟は、

「なにいってるのだい。ホテルのボーイはチップが貰えるからサービスするのだけど、あすこじゃチップは受取らないよ」

と答えた。

数日後吉田健一に会った時、右の話をすると、彼は少しも動ぜず、

「むかしバスティーユの牢獄へはいった貴族は下男や料理番を連れこんだそうですよ」

という。

「じゃ女は？」

と聞くと、それは無理でしょう、と答えた。

そこへゆくと日本は開けている。

吉田松陰が二度目に、つまり刑死の年に野山獄へ入れられた時、彼の思想がますます過激化するので、藩の役人が手を焼いて、獄中で妾でもそばにおいたら心が和(なご)むかと思って周旋しようと申し入れると松陰はキ然として固辞したそうである。

いささか自慢気なのが実に困ったものである。

酔って、檀一雄と取っ組み合いの喧嘩をし、ガラス戸をこっぱ微塵にした草野心平の飲みっぷりはなかなかのもので、風呂場で死にかけたことがあった。

〝蛙の詩人〟と呼ばれるほど、生涯、蛙をテーマにした詩を書き続けた詩人、草野心平は詩人とは思えぬ腕力の持ち主らしく、おのれの蓬髪を檀一雄に摑まれながら取っ組み合いの喧嘩をし、ドウと倒れて、店のガラス戸をこっぱ微塵にしてしまっている（三二頁参照）。

なかなかの酒豪だった。

その草野が定宿にしていたのが吉原揚屋門のすぐそばにある「紫雲荘」という宿屋だった。この宿は、恐らく、かつては三流どころの遊郭だったらしく、ひょろ長い平屋建てで、使っている客室は六畳の三部屋しかなかった。黒塀に囲まれており、静かな庭とタイル張りの風呂場があった。この宿を紹介してくれたのは哲学者の矢内原伊作で、京都から上京した際によく利用していた。宇佐見英治や宗左近などの一高仲間もよく活用していた。

この紫雲荘にはかおるちゃんというお女郎さん上がりのマネジャーがいた。三十二、三歳で、健康で利発で親切で美人だった。風呂に入っていると尻っぱしょりをして背中を流してくれたりした。この風呂場で草野心平は死にかけた。

（略）私自身としては安川定男・加寿子夫妻などと八八をやりながら飲んでいたあたりまでは憶えているが、その後は記憶にない。記憶が甦がえったのは医者をよぶ騒ぎになってからだった。その記憶のない期間に私は風呂にはいったそうである。いそがしいのでいつものように背中を流してくれることも出来ないかおるちゃんが、あんまりながい風呂なのでガラス戸をあけてはいって見ると誰もいない。流しに降りて見ると湯ぶねのなかに私の頭だけがやっと浮いてる。私のアゴを両手でグイと、顔だけはお湯のそとに持ちあげたが、ゆだったからだは重たくて女手一人では間にあわない。周章（あわ）てた彼女は廊下にとびだし、一番近くの部屋にいた日高てるさんをひっぱってきて、二人で私をひきあげそして流しにひきおろしたらしい。「あたしようでけへんもの、かおるちゃんがふきひゃった」と日高さんは一年もすぎてから私に話した。

（「吉原紫雲荘」）

安川定男（やすかわさだお）とは国文学者であり、妻の加寿子と書かれた女性は、正しくは加壽子（かずこ）と書き著名なピアニストだった。八八（はちはち）とは花札を使った博打であり、日高（ひだか）てるは、奈良出身の女性詩人である。素っ裸の草野を湯舟から引き揚げるのにはさぞかし閉口しただろう。泥酔したまま風呂に入ってはならないことがよく分かるエピソードである。

また別のある日の事。

（略）朝眼がさめると、いつもの奥の六畳に寝ていた。直感で隣りの部屋にも誰か寝ていそうな気がしたので障子をあけると、河上徹太郎がぼんやり天井を見ていた。眼がさめたばかりらしく「ここ、どこだい？」「吉原だよ」「吉原？」

彼のほっぺたに苦笑いがわいた。われわれは前夜新宿で飲んでたがここまでノシてきたのである。他の人たちは初めてなのだから発起人は私だったことになる。吉田のおかみと伊藤信吉も一緒だったそうである。帰るとき吉田のおかみは気になって河上と私の金をしらべたそうだが、からっきしなので二千円ほどかおるちゃんに無理に渡していったそうだ。キトクなこともあるもんだと河上と私はかげ口をたたいた。

枕頭にのこっていたビールの残りを飲んでから私たちは改めて本格的にまたはじめた。

「おい」

と河上がいった。

「こんな飲み方をしてるのは、もうおまえとおれ位になっちゃったな。小林（秀雄）や林（房雄）も無茶はしなくなったし……」

「おれはあんまりしらないが、石川淳はどうなんだい？」

「そうか、そうだな、あれも以前とはちがうな」

考えてみると同じ位の年齢では、なる程そういうことになるな、などとシンミリしながらの間はよかったが、

「チクマの古田を呼ぼうか」

「呼ぼう」

ということに一決する頃になると、おんなじふりだしにもどったことになるのだった。そして結果は生やさしいふりだしではないことになるのだった。（同前）

いったい、酔うことで何に目をつぶろうとしていたのか。

酔いつぶれることで、何を忘れようとしていたのか。

酔っ払い男の哀愁が漂う。

Ⅲ　泥酔界の巨星墜つ

このあたりでそろそろ筑摩書房の創業者・古田晁の登場を仰ごう。文士ではないが、文士たちの酔郷に必ずや顔を出す伝説の酒飲みである。

古田晁は明治三十九年、長野県東筑摩郡筑摩地村（現在の塩尻市）に生まれた。旧制松本中学（現・長野県松本深志高等学校）、旧制松本高等学校（現・信州大学）文科甲類を経て、昭和五年、東京帝国大学文学部倫理学科を卒業。昭和十五年に臼井吉見、唐木順三、中村光夫を編集顧問として筑摩書房を創業。「筑摩」は自身の出身地から採ったのだった。昭和二十一年には雑誌『展望』を創刊し、筑摩書房を株式会社とし、初代社長となった。

草野心平が初めて古田に会ったのは、昭和二十四年のクリスマスの夜だった。神保町の「ラドリオ」という店のカウンターバーで、草野は和服に白足袋をはいたアメリカ人と何事かを話していた。そのアメリカ人が帰った後、たまたま隣の席に座っていた見知らぬ巨漢の男と話を始めた。それが古田だった。話しているうちに議論となり、双方が大声となった。わめきあった内容については記憶にない。

二人で外に出ると、粉雪が舞っていた。

外へ出てからも二人はなにやらわめきながら神田日活の方に向かって歩き始めた。草野は歩いている途中で電車通りにマントを落としたが、そのあたりで別れた記憶がある。翌朝、草野はやはり神保町にあった「ランボオ」という喫茶店の二階で目を覚ました。

その後、古田とは長い間会う機会がなかった。


二人が遭遇した店、「ラドリオ」はその年、昭和二十四年に創業した喫茶店で、日本で初めてウインナーコーヒーを出したことで有名になった。ラドリオとはスペイン語で煉瓦のこと。今も残るこの店の入り口は煉瓦作りである。

翌朝、草野が目を覚ました神保町の路地裏の喫茶店、「ランボオ」は店名を「ミロンガ・ヌオーバ」と改め、その後も存続したが老朽化のため、令和四年十二月に移転となった。

この店は昭和二十二年に創業。昼間から酒が飲めるということで、三島由紀夫や遠藤周作、吉行淳之介ら、作家や編集者のたまり場となった。その頃、一人の美少女がウエイトレスをしていて、彼らのアイドルとなっていた。武田泰淳はその少女と同棲し、後に結婚。その少女が他ならぬ武田百合子だった。

草野は、その後昭和二十七年三月、文京区田町（たまち）八番地に居酒屋「火の車」を開店した。詩を書いて食っていくのはなかなか大変なことなのである。金持ちの詩人というのに出会うことがないのは、そうそう儲からない生業だからだ。しかし、草野とて食っていかねばならない。思い切って、趣味と実益を兼ねて飲み屋を出すことにしたのだ。しかし、先立つ資金がなかった。新潮社の齋藤十一のところへ行って資金援助を頼んで三万円出してもらった。

文藝春秋社長の佐佐木茂索に話すと、「何、飲み屋？　それはあぶない。まあ、火の車という小説のテーマが残るのが関の山じゃないか。でも、やるんなら、文壇の連中に知らせちゃだめだぞ」とアドバイスされた。作家連中は踏み倒すに決まっているからだ。

小林秀雄にプランを話すと、三オクターブくらい音程を上げて、「そいつあ、だめだ」と頭ごなしにダメ出しをした。自分で呑み潰すに決まっているという口ぶりであった。

火の車は、すさまじい居酒屋だった。間口一間半、奥行二間、土間に客テーブル三つ、一尺二寸のカウンター。奥には草野と板前が寝泊まりする四畳半の座敷があった。

ここに客が押し掛けた。

常連といえばひとは文学関係やジャアナリスト連と思い勝ちのようだが、そうではない。田町、初音町、真砂町、西片町、指ガ谷町などこの界隈の人々や共同印刷、日本書籍、運転手や職人、学生、種々雑多だ。勿論文化関係だってずいぶん来てくれてる。思い出す名前をあげてみれば、井上友一郎、源氏鶏太、玉川一郎、河上徹太郎、林房雄、渡辺一夫、幸田文、浜本浩、安部公房、田村泰次郎、土方定一、朝井閑右衛門、池島信平、高見順、丸岡明、中島健蔵、小牧近江、鈴木信太郎、佐藤正彰、高橋新吉、豊島与志雄、淀野隆三、高村光太郎、三岸節子、内田巌、寺崎浩、山之口貘、青山二郎、石川淳、檜山義夫、市原豊太、金子光晴、岡部利雄、関覚二郎、白洲正子、佐藤春夫、松方三郎、佐藤美子、歴程その他の若い詩人や画描きなど、ずいぶん範囲はひろい。

（「火の車随筆」）

この他にも坂口安吾、檀一雄、唐木順三らも顔を見せた。

店の船出は上々だった。火の車どころか金の車だと草野は上機嫌だった。狭い飲み屋のベニヤの壁に、錚々たる画家の絵が架かっているのだ。三岸節子、林武、佐藤敬、朝井閑右衛門、猪熊玄一郎、原精一、古茂田守介らの絵である。「勿論買った絵など一枚もない」と草野は自慢している。

だが、店内では常に、激論、痛飲、喧嘩、泥酔が繰り広げられて嵐のようだったと、この店の板前だった橋本千代吉（はしもとちよきち）が『火の車板前帖』に書いている。
そして、誰よりも足しげくやって来たのが古田晁だった。

その頃の古田の飲みっぷりは物凄かった。もっとも色々回想するとこっちも一寸したものだったが。

でっかい赤提灯をおろしてからでも朝まだ寝てる時でも、そんなことはおかまいなく、表のガラス戸を、こっちが内からあけるまでは、同じテンポでいつまでもいつまでも叩きつづける。無言のままで叩きつづけるのだが、その時間と叩き具合で古田だということは直ぐ分る。千代吉がガラス戸をあける。店につづいてる四畳半にこっちはねむったふりをして布団をかぶっていると古田は部屋にふんごんできて布団をはねのけ、私の寝巻きをひらき、背中にビールを注ぎこむのである。こっちも寝てはいられない。まだ早い朝のうちだったが、そうなると古田の酔いのレベルまで急いで飲まないとバランスがとれないので、こっちもグイグイ飲むという按配になる。そんなとき千代吉はどっちにどのようにビール代をつけたらいいか分らなくなって弱ったらしい。

酔いしれた彼がウチの部屋で眠ってたことがあった。こっちは客相手に飲んでいたが、一寸様子見に部屋を覗くと古田はいない。障子をあけると中の廊下に火鉢を股でかかえている。ズボンからは煙がたちのぼっている。寝ている間に小便をもらしたのである。

「どうしたんだ」

と私が言うと、彼はただニヤッと笑った。

終電の赤電車がとおりすぎるとチャルメラを吹きながら屋台のシナソバ屋がやってくる。腹がへっていたのだろう、彼は表へとびだしていってラーメンをたのんだが、どうした具合か便をもよおしてきたらしく電車通りに脱糞をしはじめた。出来上ったラーメンを彼は脱糞の姿勢のまましゃがんですすりこんでいた。

（「古田晁の酒」）

後に知ることになるが、その頃、古田は会社の経営状態が思わしくなくいつも頭を悩ませていた。だが、そんなことなどほのめかすこともなかった。豪放なくせに、気はやさしく、言う必要のないグチなどは決して口にしなかった。その忍耐強さは稀有なものだった。グチを言う代わりに古田は酔って「上海帰りのリル」を歌った。

〽リール　リール　誰かリールを知らないか
そこで草野も従いて歌った。「リール　リール　誰かビールを知らないか」

古田晁にはずいぶん世話になった。

私は武蔵境の日赤に八回ほど入院したが、一ト月二タ月の入院の時は必ずメロンかなんか持ってやってきてくれた。見舞の品はテレ臭そうに黙っておいていった。江東病院でモウマクハクリを手術したときもやってきてくれた。（色んな人の入院のときも彼はよく見舞いに行ったことを私はきいて知っている。彼はそういう人間だった。）

いまのちっちゃな家を建てたとき彼は前触れもなく突然やってきた。ウチの水屋を見て彼は、

「親切に出来てるなこのウチは、ヘド吐き場までついている」

と言った。一杯やらないかというと、今日はやらない、といった。その日である。筑摩から全詩集を出せとまともに言われたのは。そう言って彼は待たしてあったクルマで帰っていった。

私の『詩全景』はこっちの怠惰から発刊されたのはその時から九年目であった。それが出たとき古田は本当によろこんでくれた。そして社の若い連中に言ったそうである。

「この本はいまに値がでる。買っておいて損しないぞ」

そのことは私の耳にもはいった。その言葉の裏側は、この本は売れなくても我慢してくれよ、という意味に私にはとれた。いまでも私はそう思っている。（同前）

この草野の文章は、昭和四十八年、古田が急逝した後に書かれたものである。草野にとって古田はまさに〝戦友〟とでも呼ぶべき存在だったのではなかろうか。

古田晁の葬儀がすんで間もなくの頃、知人が大きく引きのばした古田の肖像写真を二枚、額に入れてもってきた。一つは豪快に笑ってる顔、一つは淋しそうな、つまらなそうな顔、どっちでも好きな方をというので、草野はつまらなそうな顔の方をもらった。そしてそれを仕事場の本棚の下にたてかけた。


ふと横を見たりすると洋服腕組みの古田がこっちを見ている。恐らくこれはラドリオのスタンドである。ジョッキーらしいのが三杯並び二杯には両方ともに半分位ずつ、もう一杯には七分通りのビールが残っている。泡がすこししかないところを見ると、注いでから大分時間がたってるようだ。ハイライトみたいなのとガラスの灰皿があるが吸い殻は一つもはいってない。普段の古田の飲みっぷりとはまるでちがった感じである。

自分が夜、酒など飲んでるときなど、古田はすすぼけた淋しそうな深い顔してこっちをまともに見ている。見ていられると一寸辛い。豪快な笑いの顔の写真の方がよ

かったとも思うが、笑いの方は表でこっちの方は裏、裏側の方が結局は余計古田らしい気が私にはする。（同前）

草野の随筆の最後にはこんな文章が書かれている。おそらく泣きながら書いたのではないかと思われるこの文章は、読んでいると胸に迫る。


酒を飲まなくなってからも、月に二、三回は彼から電話があった。

その電話は仕事に関したことなどは一つもなく、下の方はもう駄目なんだろうとか、オレに美人が出来たって噂はまだ秋津までは伝っていないかとか、もっと他愛ないが露骨な話ばっかりだったので、

「どっからかけてるんだ」

ときくと、

「勿論社だよ」

と古田は言う。会長室に独りの時だったんだろうが、交換手にきかれたらどうなんだろう、などと思ったりした。けれどもオチは、

「なるほど、なるほど（これは古田の癖の一つだ）人間食い気ばかりになったんじゃ

おしまいだが、お互いシッカリしましょう」
で、ガチンという受話器の音がする。大体電話の筋道は女とか酒とかからだとかにはじまって、そんなようなオチになるのが順序だった。

毅然たる矜持をもち、溢れる人情をもち、豪宕で親切で、無口で忍耐強く、慥かな透察と眼力をもち、またよく握り拳(こぶし)をした腕で横なぐりに涙をふいたりした大男の古田よ。心情は大きくまた細やかだった古田よ。そしてオレの晩酌を腕ぐみしながら眺めている写真の中の古田よ。「俺のことはもういい加減忘れろよ」とつまらなそうに言いそうだが、どうもオレは一生涯、そう簡単には忘れられそうもないよ。（同前）

古田晁の人となりを教えるタクシー運転手の手記がある。草野心平が前掲のエッセイ「古田晁の酒」の中で引用しているのだが、これが大傑作なのだ。

ある日、草野は、いつも世話になってばかりいる古田を驚かせようと、所沢の待合で接待することを思いついた。そこでよく使っている西武ハイヤーの運転手、木村輝雄に電話をかけて所沢の待合の予約と、芸妓を二、三人用意しておいてくれるように頼んだ。

待合で、古田は上機嫌だった。すでに結構酔っ払っている。宴が終わり、酔っ払った古田を待合から自宅まで運ぶように、草野は木村運転手に頼んだ。

その車中での様子を、木村運転手が綴っている。いったいどういう経緯で西武ハイヤーの運転手がそんな文章を書くことになったのかはよく分からない。草野は前掲のエッセイ「古田晁の酒」の中で長々と引用して見せているが、これが古田の人となりを示していて実に面白い。

> 古田さんが私の車に乗った。午後の十時頃だったので車は少ない。古田さんは寝ているようだ。と、思ったら、突然「君は、お酒を飲んだか」と聞かれた。私は「一滴も飲んでいませんから御心配なく」と答えたら「心配だから聞いたんだ」と言った。
>
> 立川の街に入った。古田さんが「腹がへったから食堂につけてくれ」と言った。私は、立川電話局の交差点をちょっと右に入った中華そば屋の前に車を止めた。私が鍵を閉めて店に入ったら、古田さんが「君は、何を喰う」と聞いた。私は「今（三十分位前）食べたばかりだから何もいりません」と言った。古田さんは「人が食べさせた

いと言うのに何故断るのか」と言った。私は、仕方なく、頂きますと言った。古田さんは、私にトンカツ・ライスを注文し、自分は酒を頼んだ。トンカツ・ライスが来た。酒も来た。古田さんは「メシを腹いっぱい喰って俺を家まで送ってくれ」と言いながら、私の食べるのをジーッと見ている。私の腹は苦しい。しかし、食べねばならぬ。私は、ホークでトンカツを押さえ、ナイフを入れた。堅い。実に堅い。古田さんが見ている。私は、ノコギリよろしくギコギコやった。古田さんが「君、ナイフは引いても切れないよ。押さなくちゃだめだ」と言った。腹は苦しいし、もうこうなったらヤケッ八だ。三分の一ほど食べた時、古田さんが「もう一本酒をくれ」と言って席を立った。私はこの時とばかり、テーブルの下にある荷物置きの所へ御飯とトンカツを隠した。古田さんは「君は、食べるのが早いな」と言って別にあやしみもしなかった。

車は八王子を通って御殿峠にさしかかった。古田さんが「君はあの、貧乏な草野の何処がよくて出入りしているんだ」と聞いた。私は「唯、なんとなく」と応えた。そしたら「唯、なんとなくとはなんだ。それじゃ君は行きがかり上出入りしていると言うのか」と物凄いけんまく。私が「そんなことはありません」と応えると「そうだろう。そんなことはない筈だ」と言って間もなく高いびき。橋本の交差点を右に曲って厚木に出た。道は一直線。平塚までは一本道だ。

やがて、平塚の市役所前に来た。私は古田さんを起した。古田さんが、ちょっと平塚に寄ってゆくと言っていたからだ。しかし、古田さんの目的地は見当らないようだ。私は「なんと言う家をお探しですか」と聞いた。古田さんは「割烹・大海老だ」と言った。私は大海老の店先につけた。表戸は、油障子で日本風の実に品のいい店だった。古田さんは「料金はいくらだ」と言った。私は「草野さんがつけておくようにと言ってましたから結構です」と応えた。そしたら、又々古田さんが胸を張り、「君は、あの貧乏人の草野心平からゼニを取るつもりか」と更に恐い顔。私は、取るつもりがないと言ったら嘘になるし弱ってしまった。通りすがりの人がジロジロ見ている。まるで私が不当料金を請求している見たいだ。古田さんは「彼はゼニ無しなんだから、君は取れないよ。まあ俺について来なさい」と言った。私は、古田さんの後について油障子の店に入った。古田さんが私を振り返って、君は俺が金を持っていると思うか？　と尋ねた。私が黙っていると「俺は今、二百円程しか持っていない。来る途中の食堂で勘定が足りなかったら、君に出してもらうつもりだった。俺はゼニを持って歩かないことにしている」と言ってニヤリと笑った。私は、無理やり食べさせられて、勘定まで払わされてはかなわないと思った。この店で、又飲むつもりだろうかと私は不安になった。そんな私に、古田さんは「俺は草野心平と違って金持だから心配するな」と言った。

女将さんらしい人がニコニコしながら出てきた。「ずいぶんとお酔いになって」と女将が言った。古田さんは、私の方に向きを換えて「君、何を喰いたい」と言った。私は僅か、二時間ばかりの間に三度もメシを食べさせられてはかなわないと思い「もう、本当に腹が一杯で食べられません」と言った。古田さんは「君のいけないところは遠慮することだ。草野心平も遠慮する奴を嫌う」と言った。女将も「なんでも好きなものをつくってあげるから遠慮せずに沢山食べていって」と言う。この時の私は〝メシ〟と聞いただけで恐怖を感じた。まだ、ノドチンコの当りで、立川のトンカツが先へ進めずウロウロしていたからだ。女将は気をきかしたつもりか「食べられないならお茶漬でも」と言ってサケ茶漬と、海老の天ぷらを持ってきた。これから二の宮の自宅に帰るとなれば、逃げ帰る訳けにもゆかない。古田さんは、私のテーブルの前に座り「ここのお茶漬はうまいぞ」と言って私の丼の中をのぞきこんでいる。私は〝寄ってたかってナンタル仕打〟とうらめしくなった。

私は「もう、そろそろ帰りましょうか」と古田さんに言った。古田さんは「今夜はここに泊る」と言って女将の顔を見た。女将は「ハイハイどうぞ」と応えた。古田さんは、奥へ入ろうとした女将さんをつかまえて、運転手さんに車代を払ってくれと言った。車代は五千円近くだったが、それに千円位のチップをくれた。そして、古田さんは「ノドが乾くと眠くなる。帰る途中、ノドが乾かないようにミカンをやってくれ」と言った。女将さんが、大粒の上等なミカンを五個ばかり持ってきて私に呉れた。私が車に乗ると、古田さんがきて「道中が長くて大変だな。気をつけて帰ってくれ」と言い「貧乏人だが、草野心平にはスルメのような味がある」と、誰に言うでもない一人ごとのようなことを言った。その語調は、これまでの酔言とは違っていた。途中、私はミカンをかじりながら、ノドの乾きをいやし、よく気がつくお方だと、古田さんの配慮をうれしく思った。

古田晁は自分で自分を粗末に扱うところがあった。ある夜更け、神田の酒場で痛飲しながら号泣するさまを、小林秀雄は茫然としながら眺めていた。

そもそも古田は酒が強くもなければ、好きでもなかった。それがとんでもない泥酔魔に変貌するのは、中村光夫の紹介で青山二郎率いる〝青山学院〟に入学し、小林秀雄や河上徹太郎、中村光夫らの手ひどい〝薫陶〟を受けたからだったというのが定説になっている。無茶苦茶な飲み方だった。まるで現実から急いで逃避するために浴びるように酒を飲んだ。

酒を嗜む、というようなものではなかった。一緒に飲んでいる相手への酒の注ぎ方も無茶苦茶だった。居酒屋「火の車」の板前、橋本千代吉が書いている。

古田流の相手への酒の注ぎ方は、たとえジョニ黒であれ、ナポレオンであれ、日本酒であれ、焼酎であれ、みなビールの注ぎ方と同一なのである。相手のグラスになみなみといっぱいになるまで瓶を傾けるのである。普通スコッチやコニャックなどは多くてグラスの三分の一がせいぜいであろう。ところが古田さんの場合、三分の一ぐらいでこっちがグラスを引くと、依然として同じ空間で瓶を傾けている。そのままにしておけば酒は当然土間やテーブルに注がれることになる。あるいは膝をつき合わすような狭いところでは相手のズボンか、自分のズボンに注がれることになる。そんなことには一向に頓着しない。やむなく慌ててグラスを先生の手元に戻すしかない。そして黙ったまま、それでいて人なつっこくグラスが砕け散るか、酒が溢れ出んばかりに激しくカンパイするのである。

（『火の車板前帖』）

古田は、酒を楽しむというよりも、体内に一気にアルコールを流し込んで、自らを前後不覚の酩酊状態にもっていこうとしていたように思える。古田について書かれた本を何冊か読むと、古田は心優しい含羞の人であり、出版社の経営者として、およそ修羅場を逞しく乗り切って行くようなタイプの人間ではなかったようにみえる。

出版業はきれいごとだけでは済まないヤクザな稼業である。切ったはったも避けては通れない世界である。毎日、バクチを張っているようなところもある。そこを器用にかいくぐっていけるような人では全くなかった。

首が回らなくなった筑摩書房で緊迫感溢れる会議も数々あったが、古田は黙し続け、人の話を聞くだけで自らの意見を積極的に述べようとはしなかった。

そしてやりきれない気持ちになると、昼間から酒を飲んだ。毎日毎晩、激しく飲んでは泥酔して帰宅した。ある日、妻が聞いたらしい。

「出版屋というものは、こんなに毎晩呑まないとできない仕事なんですか」

「うむ、俺も始める前は知らなかったんだが、どうもそういうものらしいんだ」

古田はそう嘯(うそぶ)いた。

昭和二十八年頃、筑摩書房の経営はかんばしくなかった。財政難で社員の毎日の交通費にも事欠くほどだった。学生時代からの盟友、臼井吉見は何とかしようと陣頭に立って頽勢を立て直そうとしていたが、古田の泥酔はますますひどくなるばかりだった。臼井は腹を立てた。許せなかった。西片町(にしかたまち)の古田の家に行き、家人の案内も待たずに二階に上がった。

二階では、連日連夜の酒で疲れ果てた古田が眠っていた。「見損なった」と臼井は怒鳴って、古田の枕を蹴ったが、古田は死んだように動かなかった。（『含羞の人』）

そして、古田はよく泣いた。しょっちゅう泣いた。ぼろぼろ泣きながら、握りこぶしを握った右手の甲で、涙をぬぐった。

ある夜、酔っ払って深夜、部下の自宅を急襲したところ、その妻が深夜まで手内職をしているのを見て、手を取って謝りながら号泣した。

だが泥酔生活は改まらなかった。

この男泣きを小林秀雄も目撃している。

古田君は、文学が好きだったし、文学者との交遊も広かったが、文学的表現というものは、彼にはまるで欠けていた。彼は、己れを語るという事をしなかった。語るのを好まなかったのでも、語る事を抑えていたのでもあるまい。ただ、そこのところが欠けて生れて来た男に思える。言ってみれば、自己を安排（あんばい）して、済し崩しに自己を表現する、そういう文学者好みの心理学は、彼には無縁であった。この男の顔は、何時何処で見ても、分析的な言葉の惑わしから、全く解放されていた。それは、彼の魂と言っていいものをいつも直かに現していた。

私は酒飲みで、若い頃は大酒したが、古田君が痛飲し出す頃は、もうとても附合えなかった。だが、時々は、恐る恐る相手をした。或る夜更け、神田の或る酒場で、この巨漢が号泣する様を、茫然と見守っていた事がある。何が悲しくて泣き出したのか、私は知らなかったが、そんな事は当人にもどうでもいい、つまらぬ事だ、ただもう悲しいという姿で、烈しく泣いている。その一途な様を見ていて、これは壮観と呼ぶべき光景であるとふと私は思った。今、それを思い出している。（「古田君の事」）

長年にわたる無茶な飲酒のせいだろう。昭和四十三年、軽い胸苦しさを覚え、東大病院で診察を受けたところ、心臓動脈硬化の診断が下された。四十五年には糖尿病の症状が出て、禁酒、節食を言い渡された。

昭和四十八年十月二十九日。会社近くの洋食店で友人たちとランチを食べたあと、ふるさと信州を舞台にした熊井啓(くまいけい)監督の映画「朝やけの詩(うた)」を観るために一人で上野日活に出かけた。映画の後、歩いて五分ほどの小料理屋「北畔」に立ち寄って、松茸の土瓶蒸しと烏賊(いか)の刺身で少し酒を飲んだ。禁を破ったが、銚子の半分も飲んではいない。心臓がすこしおかしいんだ、とおかみに語っている。

それから「ラドリオ」にちょっと寄った後、車に乗って、筑摩書房の酒飲みの溜り場である「霧笛」に向かった。案の定、十人余りの社員がそこにいたので、「『朝やけの詩』という映画を観てきた。とても良かったぞ」と高い声で言った。そしてビール、と大きな声で注文し、ここで三本ほど飲んでいる。そのあと、四、五人の社員を引き連れて駿河台下の「阿久根」というなじみのバーへ行き、歌のうまい社員に「人生劇場」「侍ニッポン」「上海帰りのリル」を歌わせ、水割り片手に上機嫌だった。

数人の社員と一緒に、そこから神保町の「ラドリオ」に再び席を移した。ビールを一、二杯飲むと古田は椅子の背に身を凭せ掛けて目をつむった。いかにも疲れている様子を見て店のママがハイヤーを呼んだ。若い社員二人に両側から挟まれるようにして古田は車に乗った。

ハイヤーは深夜の高速道路を走った。古田はぐっすり眠っているようだった。

二宮の古田の家にハイヤーが着いたのは、十月三十日の午前零時三十分頃である。

窪田と青山は、からだをゆすって起そうとした。しかし古田は、目を覚ます気配はなかった。なにかの異状が起ったと愕然としたふたりは、必死の声をあげて古田を呼びつづけた。しかし古田は、こころもちからだを俯け、目を閉じたままだった。

（『含羞の人』）

享年六十七。心筋梗塞だった。酒漬けとでもいうべきすさまじい人生だった。

Ⅳ

小林秀雄と困った仲間たち

泥酔した小林秀雄の失敗談は数限りなくあった。しかし、鎌倉の駅前で繰り広げた大失敗は前代未聞、ちょっと比類のないものではなかろうか。

鎌倉駅の周囲には、東京で飲み足りることなく駅に降り立った酔っ払いを待ち構える小料理屋がいくつかあった。

ある日の夜、酔っ払った小林秀雄は、同様に酔っ払った従弟を従えて、ある小料理屋に入った。酔った勢いで、終電車で運ばれてくる酔っ払いをわざわざ相手にすることはないではないかと毒づくと、おかみさんは、「起きているのはこっちの勝手だよ、誰が終電車なんか待ってるものか」とけんもほろろに言い放つ。

歓迎されていないことを察知した小林はその店を出て、もう一軒行こうと店を探した。もう、夜中の二時をまわっている。ふたりともへべれけだった。

（略）よしよし、俺にまかせろ、と歩き出して、知っている待合を叩いたが起きない、無暗に高い門があって、いつもそいつを登るのだが、二人ともぐでんぐでんで、乗り越える勇気が湧かない。何んでもここら辺りにも一軒あった筈だと、勝手口らしいところを滅茶々々に叩いた。木戸が開くと、やい、何をまごまごしてるんだ、と従弟を怒鳴りつけてさっさと茶の間らしい室に上り込んだ。茶の間らしいというのは何分酔眼に映ったところだから、正確な描写が出来ないのである。卓袱台とお櫃があり、そこいらが散らかっている。何んだ、汚ねえ部屋だな、座敷はないのか、座敷は、と卓袱台の前に坐って、はじめて女中さんの顔を見たが、どんな顔をしていたか覚えていない。上って来た従弟は、隣室をあけて（あいていたのかも知れない）、寝ている男の頭髪を摑んで、起きろ起きろ、失敬な奴だ、とゆすぶっていた。遅くなって済まなかったな、何んにもいらない、二三本呑んだら直ぐ帰る。という様な事を言い、ここでいいから、少しそこいらを片附けろ、酒を早く持って来い。従弟に起された書生さんらしいのが、手持無沙汰に部屋の隅に坐っている。酒が来ると、二人は周囲を全く黙殺して呑みだした。お銚子を何本かお代りしているうちに碌に口もきかないでかしこまっている女中さんと書生さんの様子と、特に気がついたわけではないが、何んとなくあたりの調子が変だと僕は気が付いた。まさかと思い乍ら、念の為に、ここは待合さんなんだろうねときくと、冗談じゃない、私達は別荘の留守をしているのだと言う。これには驚いた。平身低頭して、明日改めてお詫びに上る、と外に出て、どこをどう帰ったのか、二人は翌日無事に僕の家で眼を覚ました。いかに何んでも、あんまり迂闊だぞと従弟に言われて、さてその家というのが何処だかわからない。従弟は、鎌倉を知らないので無論わからない、覚えている事も僕以上を出ない。今もってわからない。狭い土地のことだから、女中さんも、書生さんも、其後僕に何度も会っているかも知れない。さぞこの野郎と思って見ている事だろう。致し方ない事である。（「失敗」）

ぐっすり眠っていたところを、髪の毛を摑まれて、「起きろ、起きろ」と叩き起こされた男はいったい何が起きたと思ったのだろう。女中さんは、何だって黙ってお銚子を何本も出したのだろうか。不思議な話である。

確かに、小林秀雄にはこういった粗暴な面がなくはない。

こんなエピソードがある。河上徹太郎が小林と一緒に辰野隆（たつのゆたか）先生のところへ遊びに行ったときの話である。

（略）玄関まで送りに出た先生が、

――小林君、君ひでえ靴はいてるんだね。これやろう。

といって、御自分の上等なはきかけを下さった。小林は「ああ」とか何とかあたり

前のようにそれをはき、古靴を両手に持って出たが、ふと気がついて、
——こんなものいらねえんだ。
とそれを垣根越しに先生の庭へ投げこんだ。
（「素顔の小林秀雄」）

もっとひどい話がある。泥酔した小林秀雄は一升瓶をかかえたまま水道橋のプラットホームから転落し、あやうく死にそうになったのだった。

小林には、酔っ払って駅のプラットホームから転落したという伝説があるが、それが事実だったということが、この対談で分かる。新潮社の小林秀雄全集には、こんな対談まで収められている。対談の相手は今日出海。

今　（略）ところで、君が水道橋から落ちてから、もうどのくらいになるかね。
小林　ああ、ありゃ、終戦直後ですよ。
今　あれも酒の功徳で助かったみたいだな。

小林　あのころ一升瓶は大変なものだった。半分飲んで、大事に持って、水道橋のプラットホームで居眠りしたんです。

勿論、鉄柵など爆撃で吹っ飛んでいたから、それで一升瓶持ってストーンと落っこっちゃった、下まで。一週間ほど前には、反対側で二人落ちているんです。

今　三人目かね。

小林　ええ。反対側のコンクリートの上に落ちたら即死だね。僕の方は機械と機械の間の、柔らかい泥に石炭殻の積んである所に落っこった。瓶を持って落っこった。瓶は機械にぶっつかって粉微塵さ。もうちょっと、五寸ぐらい横に落っこったら死んでいた。

今　落っこっても瓶は離さなかった。

小林　うん、離さなかった。

今　その精神たるや、大したもんですよ。しかし、驚いたねえ。その翌日あたりには、ようって出て来るんだから……。

小林　それは違うよ。僕は気を失っちゃったんだから。向う側から僕が落ちたのを見ていた人がいて、報告したんだよ。

直ぐに工夫が走ってきてね、僕を押えて、あ、生きてる、生きてると言うからね。僕は勿論落ちた衝撃で目が醒めて、身体を確かめたから、「大丈夫だ、寝かしてくれ」と言ったらね、すぐ傍らの小屋へ運んでくれたんだ。そしたらもう気を失って、ずうっと知らないんだ。朝、起きたら創元社から迎えが来たんだ。直ぐに社へ連れられて行って、そこで寝ていた、動けないから。

今 君が崖から落ちた事は、俺はすぐ聞いたんだ。それで訪ねて行ってみたら、あれは今の那須（良輔）の家だ、そしたら君が出て来たのには驚いたね。僕は傷だらけかと思ったんだ。包帯でも巻いてね。ところがそうじゃない。表には傷はなかったの。中は折れていた？

小林 肋骨に罅（ひび）が這入った。五十日湯河原へ行っていた。

今 自然に癒着したの。怪我っぽいどころじゃねえじゃないか。あれが終戦の翌年ぐらいかねえ。あれから今の家へ越したんだなあ。

（「交友対談」）

実は、小林はこの転落事件の顚末を「感想」という題の随筆にも書いているが、そこにはまことに不思議なことが記されている。小林の母親は終戦の翌年に亡くなっているが、自分が死なかったのは、この亡き母が助けてくれたからだと直感したというのだ。おまけに、この事件に先立ってこんなこともあったと告白している。

母親が死んだ数日後のこと。仏に上げる蠟燭が切れていることに気付き、買いに出かけた。門を出ると、夕暮れで、目の前に見たこともない大きな蛍が見事に光っている。それを見て小林は「おっかさんは、今は蛍になっている」と素直に悟った。さらに道を歩き続けていると普段にはないことが起こった。ある家に飼われている犬が、いつもと違って激しく吠えかかった。気にせず歩いていると、犬は小林の着物に鼻をつけるようにして吠えながらついてくる。と、突然、小林のくるぶしが犬の口の中に入った。ぬるぬるした生暖かい感触があっただけで、口は離れた。そして犬は黙った。と、その時、後ろの方から数人の男の子二人が何やら大声でわめきながらやってきて追い越していった。男の子たちは、列車の踏切番に大声で話していた。「本当だ、本当だ、火の玉が飛んで行ったんだ」と。

小林は、なんだ、そういうことだったのかと腑に落ちた。

転落事件を起こしたのはそれから二カ月後のことだった。小林はこう書いている。

（略）或る夜、晩く、水道橋のプラットフォームで、東京行の電車を待っていた。まだ夜更けに出歩く人もない頃で、プラットフォームには私一人であった。私はかなり酔っていた。酒もまだ貴重な頃で、半分呑み残した一升瓶を抱えて、ぶらぶらしていた。と其処までは覚えているが、後は知らない。爆撃で鉄柵のけし飛んだプラットフォームの上で寝込んで了ったらしい。突然、大きな衝撃を受けて、目が覚めたと思ったら、下の空地に墜落していたのである。外壕(そとぼり)の側に、駅の材料置場があって、左手にはコンクリートの塊り、右手には鉄材の堆積(たいせき)、その間の石炭殻と雑草とに覆われた一間ほどの隙間に、狙(ねら)いでもつけた様に、うまく落ちていた。胸を強打したらしく、非常に苦しかったが、我慢して半身を起し、さし込んだ外灯の光で、身体中をていねいに調べてみたが、かすり傷一つなかった。一升瓶は、墜落中、握っていて、コンクリートの塊りに触れたらしく、微塵(みじん)になって、私はその破片をかぶっていた。私は、黒い石炭殻の上で、外灯で光っている硝子(ガラス)を見ていて、母親が助けてくれた事がはっきりした。断って置くが、ここでも、ありのままを語ろうとして、妙な言葉の使い方をしているに過ぎない。私は、その時、母親が助けてくれたと考えたのでもなければ、そんな気がしたのでもない。ただその事がはっきりしたのである。

胸が苦しいので、しばらく横になろうとしている時、駅員が三人駈けつけて来た。後で聞いたが、私が墜落するのを、向う側のプラットフォームから見た人があり、その人が報告したからである。私が最初に聞いたのは、「生きてる、生きてる」という駅員の言葉であった。これも後から聞いたが、前の週、向う側のプラットフォームから墜落した人があって、その人は即死した。私は、駅員達に、大丈夫だ、何処もなんともない、医者も呼ばなくてもいい、何処にも知らせなくてもよい、駅で一と晩寝かせて欲しい、と言った。私は、水を貰って呑み、朝までぐっすり寝た。翌日、迎えに来たS社の社員に、駅の人は、どうも気の強い人だ、と言ったそうだが、私はちっとも気の強い男ではない。ただ、その時私は、実に精神爽快（そうかい）だっただけなのである。

（「感想」）

口の悪い大岡昇平が小林秀雄、河上徹太郎、今日出海の「酒品」さだめをしている。我がことは棚に上げて全く自分勝手な評定なのだが。

大岡昇平は、酒の飲み方は、十八歳のときに小林秀雄から教わったと言う。河上徹太郎や今日出海はその頃からの仲間だったが二人とも当時は全く酒飲みではなかった。河上は酒を口にすることもなく、今日出海はお猪口一杯で真っ赤になっていた。二人はそれから修業し、今では大岡よりずっと強くなっている。

小林がその頃のガキ大将で、いつまでも大きな声を出してるのは、小林にきまっていたものだが、この頃は胃潰瘍も手伝って、丹羽文雄に酒品をほめられるところまで、出世している。

「三十や四十ごろからはじめた酒のみは、だらしがねえ、おれのように十代からのみはじめた者には、三十を越せば、自ずと酒品というものを備えて来るものだよ」と小林は答えたそうだが、小林にほんとうに酒品が備ったかどうかは別問題として、「三十や四十からの酒のみは、だらしがねえ」という言葉の、証拠品みたいになって存在しているのが、河上徹太郎と今日出海である。（「酒品」）

河上はもともと無口の酒で、大岡がはっと気がつくと、向うがかなり酔払っているというスタイルだったが、「近頃は変り身が早くなった」と困惑している。

那須からゴルフの帰りの汽車の中へポケット入サントリイを持ち込んでいる。座席で一人ちびちびやってる恰好は、てんで落着いたものだ。

東京へ着いたのが飯時なので、

「徹ちゃん、すしでも食おうか」

と誘うと、

「なにおっ」

と来た。すしを食おうかといったぐらいで、なぜ「なにをっ」とどなられなければならないのか。

よく見ると頬は光り、眼がすわって、歴然たる酔払いになっている。ぼくの言葉が聞き取れなかっただけのことなのだ。（同前）

こんな酔っ払いとはとても付き合っていられないと、大岡は上野駅の混雑にまぎれて、さっさと姿をくらますことにした。

もう一人の今日出海は河上とは違って、ひどく陽気なお喋り酒である。だが。

（略）五十面下げて、なにが面白いのか、ゴルフの帰りでも、夜中すぎまで銀座をぐるぐる廻っている。

行くバーもきまっていれば、出て来る姐さん達も同じ顔触れ、話の種だって、毎度かわったのが、あるわけがない。えんえんと同じバカ話をくり返し、自分の娘より若いポニイ・テールの、髪の毛を引っぱっておこられ、悦に入ってる恰好は、正気の沙汰とは思われない。

今ちゃんはよく我々のことを気違いだという。我々が分裂症なら、夫子自身は少し躁狂の気味があるのではないかと思う。（同前）

とは言うものの、大岡自身は、昔からあまり酒癖はいい方ではなかったという自覚はあった。年に二度ぐらい、前後不覚になることがあり、そんな時は、大抵誰かと喧嘩をしている。もっとも、戦争で酒が手に入りにくくなった頃から、自然に酒量が減って、最早誰とも喧嘩などしなくなったと本人はいう。晩酌にビール一本半が適量で、それ以上飲むと、飯がまずくなる。酒品のことは誰も感心してはくれないが、ゴルフと同じで、小林よりちょっといいのではないかと、自慢している。

酔っ払ってふらふら歩いていた永井龍男は、一緒に歩く小林秀雄からエントロピーについて講釈を受けている最中に、鎌倉の側溝に転落した。

横須賀線の終電車で、鎌倉駅に降りたった久保田万太郎（くぼたまんたろう）、林房雄（はやしふさお）、小林秀雄、永井龍男の四人は、なぜか別れがたい気持ちになり、すでにいいかげん酔っ払っているにもかかわらず、その日の仕上げにもう一杯やることになった。誰が言い出すともなく、駅に近い飲み屋に入った。

久保田万太郎の献酬（けんしゅう）の早さはただ事ではなく、まるで千手観音のごとく、ビールでも酒でも、グイッとやって四方へ廻す。四人の酔いが盛り返してくると、何かがきっかけとなって議論めいたやりとりが始まった。

永井はこれはちょっと気をつけねばならないなと思った。

今日は相当な酔い方だなと、電車の中から小林さんの様子に気を配っていたし、林房雄の方は、何度となない失敗の後その頃から酒の上で議論口論することを、極力避けるように心掛けているのも知っていたから、一足先きに小林さんを誘ってその家を出た方がよいと私は思った。酔っていない自信という奴が、私にはあったのだ。

精密な歯車の組合せを、一つ一つほぐして酒で洗ったかと思うと、それをまた組み立てるような、云わば独り遊びをしながら小林さんは酒を呑むことがある。そんな時に、砂埃り一つ飛び込んでもいら立ってくる。甲高い声になって、相手を征伐にかかるのだが、その晩は割りに素直に、私と一しょに外へ出た。

三月の初旬で寒かった筈だが、それが苦にならないのも酒のためだったろう。小林さんの家は、鎌倉市内の一番高所にあるから、とてもそこまでは従いて行けない。山の下まで送るつもりで歩き出した。

（「酒徒交伝　抄」）

永井龍男は気配りの人である。

そのすこし前に、小林は湯川秀樹（ゆかわひでき）と対談を行っていた。永井はその単行本まで買って熱心に読んでいたので、書中に出てくるエントロピーという概念についてもうすこし教えてもらいたかった。質問を始めた。

「エントロピーって、どういうことなんだ」

いつも私は、そんな風に小林さんに質問する例になっている。が、これには小林秀雄も困ったらしい。物理のブの字も無い男が、無鉄砲にかかってきたのだ。

「エントロピーってなア……」

とまでは受取ってくれたが、それ切り黙ってしまった。

私にしても、百科辞典位は引いてみた上だが、「クラウジウスに依って一八〇〇なん年かに発見された、一種の物理量で、物体が絶対温度Tに於て……」なぞと記してあるのでは、読まない方が迷いはない。

「エントロピーっていうのはねエ……」

「うん、うん」

そういう時の小林秀雄は、誰にでも懇切丁寧である。

「宇宙の中のだなア、つまり自然現象って奴は、エントロピーの法則に……」

「うん、うん」　（同前）

酔っ払ってはいるものの、小林の説明をなんとか頭の中へ入れようとすると、知らないうちに体が小林に寄り添うような形になる。

酔っているために、頭がフラついていたのである。小林の説明は続く。

「例えば、山があるとするだろう？　山ってものは、刻々に低くなって行くんだな。絶えず、平面の方へ近づいて行く、一種の移動を行なっているんだな」

「うん、うん」

鶴岡八幡の横へ出て、「うん、うん」の度びに、知らず知らず私の体が寄り添うのを、道の端まで来ると、小林さんが除けるようにする。それも、その時はまだ気づかずに、私は聞き耳を立てていた。

「平面へ平面へと、移動するエネルギーの法則だがね」

「うん、うん」

小林さんのその時の説明は、こんなものではなかったかも知れない。一切これは私の記憶で小林さんに文責はないが、それからおよそ一、二分して後、小林さんがエントロピーに就いて証明したことだけは、間違いなく彼の責任である。（同前）

と、次の瞬間、永井龍男は引き窓から、月夜の空を見上げたような感覚に襲われた。いや、そう感じたのはもっと後になってからで、その時は忽然として別世界に紛れ込んだような気持ちになった。

「うん、うん」と相槌を打ちながら小林に寄り添うように近づいて行った永井は、八幡様の深い溝の中に落っこちてしまったのである。しかも、どういう加減からか。仰向けの姿勢で夜空を眺めたまま、長い間浅い水に漬かっていた。

軽い脳震盪の頭が、やがて流れに冷やされると、ビルとビルの間の夜空のような遠さに、鎌倉の星月夜が見えてきた。

「ははア、落っこちたんだな」

と、その時思ったが、どうしていいのか早速の判断は出て来ない。チョロチョロと水の音があり、体の裏側全体がひどく涼しい。

すると、ビルの間の夜空に、ヌーっと黒い頭が現われて、静かにこっちを見下ろしている様子だ。

「落っこっちゃった」

そのままあお向いた姿勢で、私はそう云ったかも知れない。

「……大丈夫か？」

小林さんの短かい言葉が、冷静に上からかけられた。

「そうか。起きなきゃいけないんだった」

と、覚って立上がると、溝は深くて肩の処まであった。

延ばしてくれた手を頼りに、這い上がった。

奇妙なことに、怪我らしいものはどこにもない。靴は片っぽ素ッ飛んで、こんにゃくの冷たいのを、背中に背負っている気分だ。片っぽの腕が凍りつく程冷たいので、そこにしつこく巻きついている物を、じゃけんに外して捨てたが、翌朝考えてみると、それがその時失くした腕時計だった。

「平気か？」

「うん、大丈夫だ。山の下まで送って帰る」

深夜だから好いようなものの、馬鹿な奴で、その恰好でまだ見栄を張っていた。

「つまりな、これがエントロピーの法則だな」

小林さんはなんにもなかったようにポツンと、その時そう云った。（同前）

ん？　それでエントロピーはどうなったのか？　永井龍男が、「うん、うん」言っているうちに道端の溝に落っこちたことはよく分かったが、肝心のエントロピーの説明は？文中、永井も小林もうまく説明できないままになっていて、はなはだ落ち着かない。なので、エントロピーについて少々。小林は山は時間が経つと平たくなる、というような説明をしているが、これだけではよく分からない。

直感的に飲み込みやすい例を挙げると、例えばコーヒーにミルクを入れると、最初は褐色と白色だったものが、混じりあってミルクコーヒー色に変わる。熱いコーヒーは常温に置いておくといつの間にか室温に近づいていく。何らかの手を加えなければ、ともに、決して元に戻ることはない。ミルクコーヒー色が褐色と白色に戻ることはないし。冷めたコーヒーが元の温度に戻ることもない。不可逆的である。

あるいは、エジプトのギザのピラミッド。できたばかりの時は、きれいな四角錐だが、長い時間が経てば、崩れ落ち、最後には多くの石が乱雑に散らばり、さらに時間が経てば石は砕けて砂に変わる。エントロピーとは「無秩序な状態（乱雑さ）」の度合いのことをいい、事物はそのままにしておくと乱雑、無秩序、複雑な方向に向かう、これがエントロピーが増大するということなのである。

では酔っ払い（乱雑、無秩序、複雑）はどうなのか。そのまま放置しておくと眠り落ち、素面に戻り、秩序を取り戻し、すこしは冷静になる。エントロピーは減少しているように見えるが、こりゃいったいどういうことなのか。そのあたりは各自、ご研究いただきたい。

林房雄、吉田健一と鎌倉の居酒屋を六、七軒飲み歩いた挙句、記憶を失った三橋一夫は自宅近くの道路の有刺鉄線に頰っぺたを引っかけて眠っていた。

はたと目が覚めた作家・三橋一夫(みつはしかずお)は頰の傷など気にもならなかった。驚いたのは自分が上着を着ていないことだった。

　一挙に酔いもさめた。上着の内ポケットに全財産をしのばせていたのである。なぜそんな大金を持ってへべれけになったのか、余人にはうかがい知れないが、ともかく大金は上着とともに消えてしまったのである。もっとも、全財産と言っても終戦直後のことで、一、二万円ほどだったと三橋は書いている。うどんが一杯三十円だったころの話なので、今の金額にすると四、五十万円くらいにはなるのだろうか。

　泡を食った三橋は自宅にも帰らず、もう明け方近くになっていた道を駆け出して林房雄の家へ向かった。朝っぱらに頬っぺたから血を流し血相を変えた男の突然の訪問に林の家人はさぞかし面喰ったことだろう。

　まだ酔いの冷めきらぬ寝ぼけまなこの林に、三橋は事情を説明した。


　林氏は、はっきりした記憶はないが、私とは自宅附近で別れたことにまちがいはない、とにかく吉田さんに電話して来ていただこうということになった。

　それは、林房雄氏にも、どんな店をのみ歩いたか、はっきりした記憶がなかったからである。

　三人とも浄明寺の近くに住んでいたので好都合だった。

二日酔の吉田さんも、すぐに林邸にかけつけて下さった。

そこで鎌倉の地図を開いて作戦会議がはじまった。

出会いがしらの店に入るはずはない。必ず三人のうちの誰かの、よく知った店を廻ったはずだ、ということになり、めいめい自分のよく知った店のあるところにシルシをつけて、そこを廻って、私の上着をとっておいてくれたか質ね歩くことになった。


(「不思議な縁」)


当時の文士たちは暇だったのだろうか。時間を持て余していたのだろうか。それとも友情に篤かったのだろうか。

朝っぱらから手分けをして飲み屋を叩き起し、昨夜自分たちが来たかどうか、忘れものはなかったかと尋ねまわるのである。林も吉田健一もいい大人である。小学生ではない。よくぞそんな作業に付き合ったものだと感心する。


たしか、四五軒目に私の上着がみつかり、全財産も手許に戻ったので、お祝いをかねて、林邸で迎え酒を三人でのんだ。

夕方までのんで、二人でおいとまするると、吉田さんが、うちにいらっしゃい、うちなら上着のなくなる心配はないからと言われるので、私はハイハイと吉田さんのお宅に伺って、簞笥みたいなものの上にあったウイスキーに目をつけ、吉田さん、これのみましょうといったとき、部屋に女性がいて、私の方をニランデおられるのに初めて気がついた。

それが吉田さんのお宅をお訪ねした最初であり、夫人にお目にかかった最初でもあったようである。（同前）

やっと全財産が見つかったというのに、まだ飲むのか。

しかも終戦直後のこと。他人の貴重なウイスキーを飲もうと、自分から言い出す始末である。しかし吉田夫妻は優しかった。


（略）どういうわけか、夫人ももともども親しくして下さり、東京牛込に移られてからは、よくお宅にご招待をうけた。

吉田さんがビール飲み競争に出場して、オナカをこわして入院なさったときは、夫人からのお電話で病院にかけつけたが、もう殆ど全快というので、病院を抜け出して、二人で銀座で少しばかり飲んだ。

吉田さんは、大学の講義をするときには、そのまえに、ちょっとビールをのんでおかないと具合が悪いので、毎週、何曜日の何時には、神田のビヤホールに寄って下さいと言われるので、ちょくちょく、そのビヤホールでもお会いした。（同前）

もう、ワケが分らん、というのはこういう時に使う言葉だろう。

V

泥酔者は跳躍する

稀代の酒飲みのように言われる坂口安吾だが、自分では「それほどの豪傑ではない」と謙遜している。とは言うものの、全盛期はひどいものだった。

なんとか世間が期待するほどの飲みっぷりを見せたいと思うものの、もう、胃袋がいうことを聞かないのだと坂口安吾は随筆「泥酔三年」の中で断っている。では全盛期はどのようなものだったのか。

私が生涯で最も飲みっぷりを見せたのは、終戦後の三年間ぐらいのものだろう。長い戦争中、酒に飢えていた。その禁断を開放された痛飲が三年はつづいた。

その三年間は天下にロクな酒のない時代で、カストリが主役の時代であったが、カストリにはメチルが少いというので安心してのんだ。

カストリの臭気が鼻について、どうしても飲めなくなったので、ショーチューを飲むことにしたが、これにはメチルを混入した危険なものが多い。

ところがたまたま新橋マーケットのボンジュールという店を知るようになった。この主人の小林さんは終戦までドイツ駐在の外交官だった人で世に稀な謹厳な紳士であった。この人のショーチューなら安心だろうというので、上京すればここで飲み、あるいはショーチューのカメを届けてもらったりして飲んでいた。そのおかげをこうむって、メチルにも当らずにいまもって生きのびているのかも知れない。この店は、いまは有楽町にマルセーユと名乗っている。この店名は私が命名したものである。

しかし、やがて、ルパンという地下室の酒場で、サントリーやニッカやトミーモルトなぞが飲めるようになった。ルパンは戦前から名のあった銀座のバーであるが、こんどのは洋酒専門の酒場であった。

カストリやショーチューの臭い酒を飲んでいたのが、にわかにサントリーやニッカを飲みだしたから、うまくて仕様がない。私が生涯で一番よく飲んだのはこの店である。たいがいサントリーを二本ずつのんだ。その代り、ここでお酒を飲んだ時ほど泥酔したこともない。あれぐらい前後不覚に酔っ払って良く生き延びていられたものだと思う。一足でればパンパンやアンチャンが神出鬼没をきわめている暗黒街なのである。

むろん焼跡の露にうたれて寝ていたこともあるし、コンクリートの上にねて風をひいたこともある。スリにはずいぶんやられたが、ヨタモノにやられたのは一度しかない。

私がルパンをでて焼跡で小便していると、二人のヨタモノが左右からサッと寄ってきて、私のポケットをさぐって逃げ去ったのである。アッという間の出来事で、彼らが逃げ去ったとき、私の小便はまだ半分しか終っていなかった。私が小便を終ってふりむいたときには、あたりには誰の姿も見えなかった。

彼らは慌てていたから、私のチリ紙と手帖を奪っただけで、お金をとり忘れていた。彼らはお金というものが財布の中にある物と考え、財布らしき分厚なものだけ盗み去ったのだが、私はお札を紙クズのようにポケットにねじこんでおくだけだから、先生方は気がつかなかったのである。


（「泥酔三年」）


この小文を読むたびに気になるのは、最後の一行にある「先生方」という言葉である。文脈から考えて辻褄が合わない気がする。恐らく「先方」の間違いではないかと思うのだが、全集に当たってみても「先生方」となっている。多分、安吾が間違えて記し、ろくに推敲も校正もせずに印刷されたに違いないと思うのだが、さてどうだろうか。

それはさておき、安吾の飲みっぷりである。

いかにも無頼のそれだが、檀一雄によると、結構神経質な面もあったように見受けられる。

〔安吾は〕なるほど絶えず胃が悪そうな事を云ってはいたが、あの壮烈な飲みっぷりだったら、大抵の者は一日で胃の腑に穴があくだろう。

「オレの体は人間並じゃないらしいや。バケモノ並らしいや」

とも云っていた。自信である。それでもやっぱり気にはなると見えて、酒の合間合間に、きまって掌一杯の薬品をあおっていた。曰くビタドール。曰くサクロフィール。曰くネストン。これらはまあ、いくら掌一杯あおっても大したさしつかえはなかろうが、曰くテラマイシン。曰くバンサイン。これらを文字通り掌一ぱい、酒の肴のように呑むのである。

（「小説　坂口安吾」）


聞きなれない薬の名前が並んでいるが、ビタドールは肝油、サクロフィールは口臭除去剤、ネストンは肝臓の薬、テラマイシンは抗生剤、バンサインは胃腸の痛み止め。ずいぶんと気を遣いながら飲んでいたものである。

とはいうものの、酔った上での狼藉もすごかったようで、檀によると、版元から印税の前金をふんだくって、「浅草界隈で飲み廻り、一度は何処の劇場であったか、二階から階下の観覧席に飛び降りたこともある」というから、やっぱり根っから無茶な作家だったのだ。

ちなみに説明しておくと、カストリとは終戦直後に出まわった粗悪な密造焼酎のこと。酒粕を原料に蒸留して製造する「粕取り焼酎」が語源だが、本来の良質な粕取り焼酎とはまったくことなる粗悪品も多かった。

またメチルとはメチルアルコールのこと。アルコールにはエチルアルコール（エタノール）とメチルアルコール（メタノール）の二種類があるが、一般的にアルコールといえば、エチルアルコールを指す。これはサトウキビなどの糖質原料や、トウモロコシや芋類などのデンプン質原料を発酵させてつくられ、酒類や食品、消毒液などの原料に使われる。今、新型コロナウイルス対策でスーパーなどの入口に置かれている消毒用アルコールはこのエチルアルコールである。一方、メチルアルコールは主に天然ガスなどから作られる工業用アルコールで毒物及び劇物取締法によって「劇物」に指定されていて、飲用できないことはもちろん、消毒用にも使用できない。摂取すると意識障害を起こしたり、失明、死亡のおそれがある恐ろしいアルコールなのである。

だが、酔いたい一心でこのメチルを口にする無鉄砲な文士もいた。梅崎春生（うめざきはるお）である。

外国の山登りの言葉に、何故山に登るかと問われて、そこに山があるからだというのがあるが、現在の私の心境もややそれに近い。何故酒を飲むか。そこに酒があるからである。

ところが当時、つまり戦争中（昭和十七年以降）の私の心境は、今の心境と正反対であった。すなわち、何故酒を飲むか。そこに酒がなかったからである。

（「悪酒の時代　酒友列伝」）

とにかく飲んだ。梅崎の昭和十八年の日記を見ると、酒の記述がほとんど。一週間のうち五日は酒を飲み、必ず酩酊していた。酩酊せざるを得ないのは、時代のせいで鬱屈したものがあったからだろう。乏しい給料で、そんなに酩酊できたのは、数少ない良心的飲屋のおかげだった。その中の一つ、新宿・矢来町（やらいちょう）にある新潮社のそばにあった「飯塚」という飲み屋の思い出を書いている。良質なドブロクを飲ませる良心的な店で大行列ができた。店の前で行列を作ると警察がうるさいので、近くの白銀（しろがね）公園に集結、定刻になると四列縦隊を作って、ああ堂々の大行進を開始したらしい。最盛期には梅崎は一晩で四回行列に並んだ。

そういう飲んだくれの生活をつづけていて、十九年にいきなり海軍に引っぱられ、てんでアルコールのない生活に入れられたわけだが、アルコールを断たれたということにおいて大へんつらかったかというと、そうでもなかった。まだアル中の域に達していなかったせいでもあるが、兵隊生活そのものがつらくて、思いをアルコールに馳(は)せる暇がなかったからである。断たれるつらさにかけては、酒は到底たばこの敵ではない。

戦争の最末期には、急ごしらえの下士官になっていたから、すこしは余裕がつき、他の下士官などからすすめられて、燃料アルコールなんかを飲んだ。その頃燃料アルコールを飲むのは法度(はっと)になっていたけれども、かくれて飲んだ。あちこちの基地で、アルコールを飲んで失明した者があるという噂も聞いたが、その頃の私にはそれがよく納得出来なかった。つまり私は、アルコールに、メチルとエチルとがあるということを知らなかったのである。アルコールというからには、どれもこれも同じだと思っていたのだ。海軍航空用一号アルコールというのを、ずいぶん飲んだが、これがメチルかエチルであったか、今もって私は知らない。眼がつぶれなかったところをみると、メチルではなかったんだろう。

石油としか思われないにおいのものを、一度鹿児島の谷山基地で飲んだが、その翌日は眼やにがどっさり出た。どうもあいつはメチルだったに違いない。湯呑み一杯で

止めたから、失明をまぬかれたものらしい。　（同前）

梅崎春生は幸運だったのだろう。

だが、プロレタリア作家として名の知られた武田麟太郎は不運だった。

戦後、藤沢駅周辺に広がった闇市をぶらつき、屋台で焼酎やカストリを飲む癖がついてしまった武田は、昭和二十一年三月のある夜、酔って溝に落ち、泥まみれで片瀬の仮寓に帰り着くと痙攣発作を起こし、意識が混濁した。

メチルアルコールによる中毒だと医師は診断した。

菊池寛の元秘書の佐藤碧子は武田の死の枕辺に居合わせた。

武田さんは薄暗い座敷に寝ていた。掛蒲団が絶えず動き、譫言か、苦痛の呻きか、うっと口をつき、口をつぐむときに、らくと聞きとれる。「うらく。うらく。うらくらく、らく」その呼吸音を聞くと、あたしは切迫した暗い不安にまきこまれた。時々痙攣して蒲団をハネそうな手足を、そっと押えるように奥さんが看護していた。武田さんの眼を閉じた顔面は土気色で、まさに恐ろしかった。どの位の時が経ったのか、部屋中が深い静かさに沈んだ。武田さんの呼吸がとまった。

（『瀧の音』）

泥酔と死は背中合わせの時代だった。

坂口安吾は劇場の二階から階下に飛び降りたが、泥酔はある種の万能感を抱かせるものなのか。獅子文六も高いところから飛ぼうとしていた。

もっとも安吾が飛び降りたのは、劇場と言っても、現在の立派な建物ではなく、浅草あたりの木造の小さな劇場だったのではなかろうか。昔の劇場は後方部分に、すこし張り出した二階部分があったものだった。それほど高くはなかったから、そこからなら飛ぼうと思えば飛び降りることができたかもしれない。だが一階席の椅子の背もたれで股間などを打ったりすれば悶絶は必至だったろう。

そんな素面（しらふ）の警戒警報は泥酔者には全く働きはしない。酔いが深まるとともに、根拠のない万能感が芽生え、なんでもできるような気持ちになってくるのが、すなわち泥酔なのである。

泥酔の末、深夜、屋根から屋根へ飛ぼうとした文士もいた。獅子文六である。獅子文六は日本の伝統的道楽者のトリニティである「飲む・打つ・買う」の打つ以外は、人後に落ちぬ身の入れ方をしたと豪語している。十六の時から飲み始めて四十年以上、徹底的に飲んだ。若い頃は、酒を飲むと、普通の倍ぐらい、体力が殖えたような気がしたと言う。

(略)ムヤミに駆け出したくなって、そのとおり実行してみると、非常に速力が早く、イキ切れなぞをしない。腕力も、倍加する。頭脳の働きが敏活を極め、ひどくカンがよくなり、むつかしい議論の核心をつかむ。体力が超人になったのではないかと、疑われるように、精神の方も、ことによったら、オレは天才なのではないかと、自惚を生じさせる。(略)ああいう泥酔は、青春と勇気の紋章のごとく、懐かしい。

(「泥酔懺悔」)

そう言いつつ、若かりし日の泥酔をこう回顧している。

(略)米内光政とか、水上滝太郎とかいう人は、生涯に、泥酔することがなかったらしい。真に、酒に強いのである。私は、一面、彼らを尊敬するが、他面、少しバカバカしいと思う。もちろん、泥酔すれば、他人の迷惑、当人の恥辱——殊に後者の慚愧後悔の峻烈さは、泥酔常習者のみ、よく知るところである。誰のトクになる所業でもない。しかし、泥酔の魅力というものが、ないことはない。泥酔から一週間も経てば、ボツボツ魅力が恢復してくる。一か月後には、泥酔が完全に懐しくなる。なぜ、あんな愚行が懐しくなるのか、不思議なことだが、結局、ワレを忘れる愉しみなのだろう。また、その忘れ方が、阿片陶酔のような不潔さがないからであろう。

私は若い頃に、泥酔して、待合の屋根に登り、月明の下に輝く、隣りの待合の屋根を眺めてると、今飛びさえすれば、失敗なしに向うの屋根に飛び移れるという確信を持った。それは、実行しようとして、女中や友人に引き止められたが、あの時やったら、案外、うまく飛べたのではないかと、今でも考えている。泥酔は、そういう確信を持たしてくれる。

（同前）

もし飛んでいたら、獅子の数々の傑作は誕生していなかっただろう。

度重なる泥酔のせいで血を吐き、胃を切り、もはや深酒のできない身の上になってしまった獅子文六が懐かしそうに回想する自身最後の泥酔は、文学座の女優新田瑛子（にったえいこ）と中村（なかむら）

真一郎との結婚式でのことだった。

披露宴は本郷の薬局兼喫茶店で行われた。東大仏文の恩師の辰野隆や鈴木信太郎、渡辺一夫、中島健蔵らの顔があった。中原中也に首を絞められた中村光夫もいた。全員大酒飲みで、相当量のウイスキー壜がカラになった頃、客はみんな酩酊していた。もう一線を遥かに超えていたので、もはや泥酔に至らなければ、みんな承知ができない状態だった。

中島健蔵が、「もっと飲みてえな」と言って薬局に掛け合い、「じゃア、エチールとオリザニンでいこうじゃねえか」と、交渉した。薬剤師がシブシブ奥から持ってきたエチルアルコールとヴィタミン剤を中島健蔵は慣れた手つきで調合して獅子に薦めた。

そこから記憶が飛ぶ。

> （略）東大の隣りの加賀様の庭へ入り、彫刻と大生垣のある純洋式の造園を見て、いつの間にフランスへきたかと疑ったり、夜になって、筑摩書房ではないかと思われる家の二階にいたり、断片的な記憶はあるが、他は全部忘れてしまった。翌朝になって、その頃生きていた亡妻が、「もういい加減になさらないと……」と、厳粛な顔をした。ズボンが裂け、向う脛に血がにじみ、紫色に腫れていた。
> 後で聞くと、中島健蔵は家に帰れず、友人宅へ泊った由。あんなに酔ったことはね

えと、小生より年若く、酒に強いはずの彼がいったが、二人でエチール一壜明けた結果が、そうさせたらしい。

（同前）

Ⅵ

酔っ払いは栴檀より芳し

中村真一郎の披露宴で獅子文六とともにへべれけになった東京帝国大学教授・辰野隆は中学二年の夏に牛乳のように酒を飲み激しく泥酔した。

明治期の日本の西洋建築の基礎を形作った建築家、辰野金吾の長男として生まれた辰野隆は東京帝国大学教授としてフランス文学を教えた。その薫陶を受けた者は非常に多い。三好達治、渡辺一夫、飯島正、伊吹武彦、小林秀雄、田辺貞之助、今日出海、中島健蔵、井上究一郎、中村光夫、森有正、鈴木力衛などなど。錚々たる後進を育て上げたと言っても過言ではないだろう。

その辰野隆教授は早熟な泥酔者でもあった。

僕がほんとうに酒を飲んで前後不覚になったのは、中学二年頃の夏だった。大学の水泳部だった、伊豆の戸田というところに水泳に行ったときだ。その水泳部の開場式の晩に大学生が酒を飲んでは愉快に歌を唄っていた。それを見て、「俺も一つ飲んでやろう」と、コップの冷酒を一杯飲んだ。

ところが、さっぱり酔わない。そこで牛乳を飲むようにガブガブ飲んだ。それでも酔わない。それはそうなんだね、一分や三十秒では酔うわけはないんだが、その頃そうは思わないからコップで五、六杯たてつづけに飲んだ。

そのうちに前後不覚になっちゃって、ヒョロヒョロとその会場を脱け出た。

(「酒に真あり」)

しばらくして辰野の姿が見えないことに気づいた友人たちが、酔っ払って海に入って溺死したのではないかと大騒ぎになった。付近の人たち総出で捜しまわったところ、なんのことはない、宿の部屋の窓の下で倒れているのが見つかった。

そんな経験を積みながら、辰野は酒を飲み続けた。何度も泥酔をし、苦しい目にも遭った。数々の愚行を繰り返しながら、自分の酒は「泣き上戸」だということに気が付いた。辰野は、泣き上戸の心理を実にうまく伝えている。

しかしだんだん酒を飲んで酔ってくると、いろいろと癖が出て来るね。

例えば笑い上戸、怒り上戸、泣き上戸、とかね。しかし大抵話がくどくなり、その域を越えると、意識が中断されてしまいますね。その間、二十分、三十分経ったことを知らないんだ。「今九時だな」と思っていると、十時半になっちゃったり、今度気がつくと一時になったり、その意識が中断して自覚がなくなります。

その域を更に越えると今度は笑い上戸でも、怒り上戸でも最後は必ず泣き上戸だ。それが、つまらないことで泣くんだね。「今日はお前と俺とがここで飲むという事はね……」なんて事をいってホロホロと泣く。「昨日は雨で、今日は晴れだ、なんて有難いんだ」といっては泣く。

まだ若い年配の者をつかまえて、「今迄よく生きていて呉れた」といっては、泣いてるんだね。生きているのは当然ですよ。それをそんな事をいっては、ホロホロと泣いている。首ったまなどにかじりついて泣いたりしてね……。

なんとなくシンミリして、てめえ独りが人生を分ってるというような顔をして、「今日孫がお早ようといったよ」なんていっては、また泣き出したりしていてね。


（同前）

この人と酒を飲むのは楽しかっただろう。

梅檀は双葉より芳し、ということか。伊藤整も井上靖も山田風太郎も若いころからとんでもない無茶な飲み方をしていたのだった。

みんな無邪気に酒を浴びている。まずは、伊藤整（いとうせい）である。

（略）私は数え年十八歳で初めて酒に酔った時の喜びを忘れることができない。それは日本酒であったが、私はまだ日本酒の飲みかた、従ってそのイタダキカタという妥協の形式を知らなかった。田舎の村はずれの大きな葡萄園の真中に、見張り用に作った低い二階作りの小屋があった。その小屋に四五人私と同じ年ぐらいの少年が集って酒を飲んだのである。四月の初めで、私たちはそれぞれ、旧制の中等学校を卒業した仲間であった。一人ぐらいが先輩であった。鶏をつぶすか何かして、全然親や教師の目の届かない所で、酒というものを飲んでみたのである。二三時間後に、私は用を足しに梯子で下へおりた。そして地面に立った時、私は身体がふわりと浮いているように感じた。立木が左右にゆらゆらと揺れ、まだ葉を出していない葡萄の棚が上下に浮いたり沈んだりした。そして私はゆっくりと地べたに倒れた。地べたの冷たい感じが、この上なく快く思われた。この世でない新しい現実がそこにあった。私は、目に写るものが浮動し、自分の寝ている地面がふわふわと動くのに驚き、こんな楽しいことは、生れてから今までに無かった、と思った。私は笑い出し、立ってよろめいて歩いた。

(「酒についての意見」)

悩みなど何もない。屈託も邪気もない。ひたすらバッカスの洗礼を盛大に浴びたわけである。さすがに文士だけあって、酔っ払った描写がうまい。

井上靖(いのうえやすし)も同様だった。「酒とは二回、のめり込むような烈しい付合い方をした時期を持っている」と豪語するだけのことはある飲みっぷりだった。金沢の旧制第四高等学校(四高)を卒業する半年前ほどのこと。井上は柔道部の主将をつとめていたが、練習方法をめぐって先輩たちと意見が合わず、三年の部員は全員が退部。全日本選手権大会への出場も断念せざるを得なくなった。

そうしたことの余波が秋からやって来た。心からも体からも、何もかもが脱落してしまって、酒でも飲んでいる以外仕方がなかった。それまで柔道部員として酒とも煙草とも無縁であったが、その禁を解いた。酒でも飲んでいる以外時間の過し方がなかった。初めて酒場にもおでん屋にも入った。私ばかりでなく、一緒に退部した連中がみな同じような状態だった。正月休みも帰省せず、二日からおでん屋に店を開けて貰って、そこに入り浸っていた。酒を飲む度に吐いた。柔道の練習と同じだった。やがて酒が強くなった。卒業と同時にこうした生活とは離れたが、なかなか凄(すさ)まじい半歳だったと思う。二十二歳から二十三歳にかけてである。（井上靖「酒との出逢い」）

こちらの場合は鬱屈と屈託だらけであったろう。飲むたびに吐くというのも凄まじい。井上がその次に酒と烈しい付き合いをしたのは、それから十五年ほど経ったときだった。

（略）当時私は毎日新聞大阪本社の社会部のデスクを受持っており、戦争末期の三カ月ほどを、殆ど社に泊り込んでいた。家族の者は鳥取県の山の中に疎開させてあったので、家に帰る必要はなかった。

当時、酒を入手するのは難しい時期であったが、何となく手に入った。軍受持ちの記者団、市役所受持ちの記者団が、毎日夕刻、二つの大きな固まりとなって、社会部に引き上げて来る時は、一本や二本の酒は持って来た。差入れと称して、デスクの上に置いてくれた。

毎夜のように、その夜の泊りの記者たちと酒を飲んだ。警報のサイレンが鳴ると、地下の編集室に移動し、そこで飲んだ。B29の爆音を聞きながら、一升壜の酒をコップに移していた。

（同前）

山田風太郎（やまだふうたろう）が飲み始めたのもやはり学生時代で、戦中であった。

戦争中、まだ学生であったころ、新宿の中華料理店で、十人ばかりで会食したことがある。そのとき果して中華料理なんてものが出たかどうか忘れたが、ビールがジョッキ二杯出たことはおぼえている。一人当り、ではない。十人分としてである。

ところが、隣室で、やはりどこかの学生たちがパーティをひらいていたが、これが全員ふんどし一つになっての放歌乱舞であった。人数はこちらとほぼ同じくらい。つまり、十人でジョッキ二杯分のあてがいぶちのはずで、それであの騒ぎとは、まるで精神病だと呆れたことをおぼえている。しかし、彼らは懸命にカンジを出していたのである。

（山田風太郎「酒との出逢い」）

全員ふんどし一つになって、一生懸命、酔った気分になろうとしている、というのが実に笑える。

それから数年が経ち、山田は医大を卒業する。この時は酒が大量に手に入った。なんとか探してきたドブロク二升とビール一ダースを持ち寄り、友人の下宿の二階で祝宴をはった。たった二人だけの酒盛りである。こんなに大量の酒を目の前にしたのは二人とも初めてのことだった。


これを二人で飲んだ。二人、同じくらいの酒量であったから、一人ずつドブロク一升とビール六本飲んだことになる。

さすがに途中で天地晦冥（かいめい）の状態になった。気がついたのは真夜中である。いつのまにか二人は同じフトンの中に寝ていたのだが——気がついた、というのは、相手が異様な気配を発したからだ。

その友人は、突如としてウンコしはじめたのであった！　あやういところで、私はフトンをころがり出した。そして、あわててフトンをひっぺがしたが、テキは雷（らい）のごとき鼾声（かんせい）をあげながら、依然盛大にオヤリになっている。もうこうなったら死んだも同様で、コーモンがひらいたままになっちまったらしい。

私はそばに座って、朝まで悄然と腕を組んで——いや、鼻をつまんでいた。

この豪傑は、健在で、いまも産婦人科医としておごそかに産婦を診察している。（同前）

梅檀は双葉より芳し、という話なのだった。

Ⅶ 嫌われ者

埴谷雄高は、通りかかったある会場の横に、ひとりの小柄な男が投げだされた魚のようにのびて倒れているのを発見した。なんと石川淳だった。

昭和二十年、荒正人（あらまさひと）、平野謙（ひらのけん）、本多秋五（ほんだしゅうご）、埴谷雄高（はにやゆたか）、山室静（やまむろしずか）、佐々木基一（ささききいち）、小田切秀雄（おだぎりひでお）の七名の同人によって文芸誌『近代文学』は創刊された。同人の多くは戦前のプロレタリア文学運動に多かれ少なかれ関わりを持っていたが、戦後になって、文学の自律性を訴え、新たな文学の潮流を作ろうとしていた。

ある日、その同人たちが長い編集会議を終えて、夜遅くある会場の脇を通りかかると、階段のすぐ上のフロアーに、頭を伏せたひとりの小柄な男が投げだされた魚のようにのびて倒れているのを見つけた。

（略）私達全員――本多秋五、平野謙、荒正人、佐々木基一、私の五人がすっかり驚き、近づいて起してみると、それはかなりひどく殴られたらしく、膨れた傷あとを各所に覗かせている石川淳なのであった。

（「戦後の畸人達（抄）」）

石川淳（いしかわじゅん）は明治三十二年生れの作家。戦後、「焼跡のイエス」や「処女懐胎」などの作品を発表し、「一切の権威を認めず、裸の生をこの世の風にさらして自由を求めてさまよう」姿勢を鮮明にし、太宰治、坂口安吾らとともに「無頼派」と呼ばれたりした（「作家案内」）。その孤高の作家が、夜中に酔っ払って倒れていたのである。

戦後の石川淳は、酒を飲めば、必ず「馬鹿野郎！」と叫んだ。目の前にいる相手はもちろんのこと、話にだけ出てくる誰かをも、すべてひっくるめて、馬鹿野郎呼ばわりした。目前にいる者に対しては「お前は馬鹿野郎だ！」と言い、話に出てきた遠い人物に対しても、区別なしに「あいつも馬鹿野郎だ！」と叫ぶのだった。

その素朴にして簡単明瞭な酒乱ぶりは、いい酒が出回るにつれて次第に減ってはいたものの、その夜はどうもそうではなかったようなのだ。

（略）その夜、石川淳はただに、馬鹿野郎！　とまわりに向って単純素朴に叫んだばかりでなく、酔いにつれて自分の席から立ち上がり、附近のテーブルの上にあるコップや酒瓶や徳利を片っぱしからその華奢な片手でなぎ倒して歩いたのであった。酒のみにとっては、酒瓶があなやもいわせず倒れおちて、各自の魂もともに羽化登仙すべき酒精を含んだ貴重な液体が「無機質無意味」な床上に忽然と流れ消え失せてしまうほど名残り惜しく、また、痛憤に耐えぬものはないのであるから、附近の「馬鹿野郎」の前に置いてある酒瓶や徳利をすべて倒して歩く小柄な石川淳が、天も許さず地も髪を逆立てるほどの抑えきれぬ憤激の対象になったのも無理からぬことである。伝え聞くと、本郷南天堂におけるアナキストの青春時代以来喧嘩慣れした岡本潤が真っ先に立ち上ったらしいが、その附近のものがわっと一斉に立って、ひとつ殴れば忽ち倒れるにきまっている石川淳を「寄ってたかって」、皆で殴りつけたのであった。忽ちフロアーの上にぐにゃぐにゃした一物体として横たわってしまった石川淳の頭と足の両端をもちあげた彼等は、さて、階段の上まで酒漬けになった軟体動物を運び、そこで、「おととい来い!」とばかりに一斉に投げだしたのであった。

私達が、誰が倒れているのかとぎょっとし、つぎに、おや、これは石川淳だとなおひどく驚きながら、打ち伏している石川淳を起すと、私達に支えられてようやく立ち上ったものの、さすがに日頃の威勢のよい「馬鹿野郎!」の言葉も発し得ぬ無言のなかでよろよろと大きく揺れ動きながら、石川淳は階段をふらふら降りていったのであった。外へ出てから大丈夫かなと見送っている私達の傍らへ、すると、中島健蔵がやってきて、江戸っ子が「たんか」をきるように、階段の最上段に腰をおろすと、『近代文学』のお前さん方があれをひどく持ち上げるから、いけねえ。あいつの酔っぱらいぶりはほかの酔っぱらい全部の迷惑になるだけだと知ってくれなくちゃだめだぜ。」

と、石川淳を評価している私達「近代文学」同人の皆に向って、階段にどっかと腰かけたままの中島健蔵は長く説教したのであった。（同前）

中島健蔵のべらんめえ調が聞こえてくるようである。

埴谷雄高は評論家であり作家でもあったが、非常に観念的な作品が多く、代表作『死霊』は物語ではなく、文学史上まれな形而上学的思弁小説であった。そんな埴谷だが、ひとたび仲間の酔態を描写させると天才的にうまかった。形而下的戯画的随筆は他の追随を許さないのである。

次のエピソードもその面目躍如たるものがある。

昭和二十三年、評論家の花田清輝や画家の岡本太郎が発起人となり、「夜の会」と称する研究会が発足した。その運営費は出版社の援助によったが、花田清輝はどこでどう話をつけたのか、奈良のある出版社の後援を取り付けてきた。

毎週開催される研究会に、その出版社の東京駐在代表という男が出席した。異様な風体で、髪は総髪で、珍しい壮士風の黒衣に袴をはき、研究会の席の一番外れに、屋根に止まった烏のように座って、一座をむっつりと睥睨していた。

ある夜、会が終わったのち、野間宏の案内で一同は新宿のマーケットの闇を抜けて、飲みに出かけた。

狭い小さな店の奥に垂直なはしごがかかっていて、それを上ると頭がつかえるほど天井の低い中二階があった。あまりの狭さに一同は背をかがめ、ひしめき合いながら酒を飲み、議論を交わしていた。ふと見ると、暗闇の奥に例の黒装束の烏男が黙々と飲んでいるのが目に入った。

この男が突然大音声を発した。


暗い神秘的な沈黙をつづけて一言も発しなかったこの総髪の人物が不意に大音声を発すると、ひとりの教祖が急に神がかってきたような異常な趣があった。彼には研究会の席のはしに腰を下して報告や討論を黙々と聞いているときの憤懣があったのだろう。彼は膝の前の畳をどすんと叩くと、決定的な託宣をくだした。「戦後作家なんてどれもこれもみな駄目だ。まず椎名、お前は自分の書いている事も自分でわかってやしないんだ。」直ぐ隣りにいた椎名麟三がまず最初の砲撃を受けたのであった。総髪をゆすって激しく膝を叩く五味君は闇の会場にサーチライトを照らす巨大戦艦のようにこの狭い中二階に押しあって並んだ動物を小休止のいとまもなく次々にとらえて、その孤独なポムポム砲をもって連続攻撃した。「野間、お前もまるで文学になってないぞ。」そして、並んでいる私達のひとりひとりの名を処刑場の執行吏のように大声で呼び上げ、忽ちうむを言わせぬ掃射でなぎ倒した。叫ぶ宗教の教祖が託宣をたれはじめたようなこの突発事件にみなぼんやりしたかたちで、野間宏は象のような眼を丸めて相手を眺め、怪物の花田清輝は腕を組んだまま寸前の天井を見上げてうそぶいており、私は奥の布団に寄りかかって横倒しになっていた。この弾劾する総髪の教祖に向ってなだめているのは、これまた偶然隣りに坐った佐々木基一と椎名麟三の二人だけで、椎名麟三は、教祖がひとりを烈しくきめつけるたびに、苦痛にうちひしがれたように眉をひそめながら、「そんなことはないよ、五味君。」といちいち情けなさそうに応答しつづけるのであった。

（「椎名麟三」）

この五味君こそ、のちの五味康祐（ごみやすすけ）であった。

埴谷雄高が目撃したもう一人の恐ろしい酔っ払いは田中英光だった。酒だけではなく、乱用する薬の量が尋常ではなかった。

われら日本人の酒のたしなみ方について、埴谷雄高は面白い比喩を用いて書いている。

一杯目の微醺が二杯目、三杯目と僅かに重なっていると思うまもなく、あなやもあらせじ、羽化登仙、量が質へ転化する弁証法的飛躍を一瞬の歴史の裡にとげて、忽ち、爛酔、泥酔の域に達してしまうのは、日本的酔っぱらいの特質らしい。天地悠久の大自然に終日向かいながら静かに酒をくむとか、薄暗いカウンターの隅に腰をおろして人生の機微を辛辣皮肉に観察するとか、向きあった女との薔薇色から紫色にまでわたる心理合戦も素知らぬふうに甚だスノブ的な飲み方をつづけるとか、そんなものは一切性に合わない。飲みはじめれば必ず、原始の混沌か、それとも、未来の大破局のなかへ踏みこんで、記憶も消えいりそうな暗黒の奈落の底で、自分が自分でなくなった確認をいちどしてみなければ気が済まないのである。

（「酒と戦後派」）

とりわけ、人々の気分が焼跡の瓦礫のごとく孤独に荒れていた戦後には、奈落の底に落ちていくような泥酔がことのほか激しかった。

今も埴谷の記憶の底に沈む田中英光（たなかひでみつ）の乱酔模様は桁はずれのものだった。

田中英光は早稲田の学生だった昭和七年、ロサンゼルス・オリンピックにボート選手として出場。巨漢の逞しいスポーツマンだった。ロサンゼルスへは船で向かったが、その時同船した女子選手への淡い思いを描いた小説「オリンポスの果実」で知られるようになった。

大きな体格だからなのか、田中英光は酒の量だけではなく、乱用する薬の量も尋常ではなかった。

> 田中英光はその作品のなかでカルモチンなら五十錠から百錠の間、アドルムなら十錠と書いているが、それは一方で睡眠のためにのむ量であり、また他方では酒をのむとき酔いを深める促進剤としての用量であった。或るとき、私と関根弘は、焼酎をのむ合い間にアドルムを一錠ずつ容器から出してかじっている田中英光を驚きと不安の念をまじえて見守っていたが、酔ってくるにつれて男二人を一緒に抱きしめられるほど肩幅の広い上体がだんだん前のめりになり、その動作は試行錯誤の実験でもされてい

るゴリラのようにゆっくりと動物的になってきた。コップを持ち上げてのむというより、透明な液体をたたえたコップにゆらゆらと大きな上体が近づいてゆくのである。こんなふうに前のめりに蹲った巨大な猿の奇怪な姿がテニエーの絵にあったような気がするが、卓上のコップの方へこちらからゆらゆらと口を寄せてゆく段階になると、もはや危険信号なのである。もう出ようと闇の戸外へつれだし、六尺二十貫という軀を両側から支えて歩きだすと、彼は何処までもわかれたがらず、あすこへ寄ろう、こへ寄ろうと、例えば筑摩書房とか真善美社とかすでに社員の帰ってしまったその附近の出版社のはしごをしたがり、もしがらんとした社内に社員がいるのを見つけると、そこから出ている本をくれという癖があった。（同前）

その田中英光は文芸評論家の荒正人に含むところがあった。荒があるところで、田中の作品を「薄汚れている」と評したことに憤懣を抱いていたのだ。ある日の夜。本郷三丁目の角にある真善美社の三階で『近代文学』の編集会議が開かれていることを知った田中はその席に、ベロンベロンに泥酔して現れたのである。

（略）何処かでアドルムと焼酎をぶちこんできたに違いなかった。心配そうな中野泰雄が下から一緒についてきたが、船の上甲板で揺れているような田中英光は荒正人に挨拶にきたのだと一応鹿爪らしく述べた。私は知らなかったが荒正人が彼の作品を薄汚れていると何処かで批評したのを内心含んできたのである。その場には本多秋五、平野謙、荒正人、佐々木基一、山室静といった顔触れが窓を背に腰かけていたが、酔っていないものが酔っぱらいを相手にするのは気づまりなものである。妙な空気があたりを支配したが、酔っぱらいを苛らだたせなくするのが酔っぱらっていないものの義務であるという気分が私達のなかにあるので、荒正人に向って握手しようと手をさしのべる田中英光に応じて、荒君、握手したらいい、と誰かが言った。腰を上げた荒正人が大人国と中人国の講和の図といった構図で相手の手を握った瞬間、それを意図してきたらしい田中英光はぐいとひっぱりながら堅く握りしめた手先を手許へねじった。俺の何処が薄ぎたないんだ、と相手を胸許へひき寄せながら、田中英光は圧しつぶした低い声で不意に詰問した。(同前)

もし田中が酔っていなければ荒をひねり倒していたに違いない。だが、田中は完全に酩酊していて、足元がおぼつかなかった。何人がかりかで田中を部屋の外に押し出した。ひとりが前からひっぱり、もうひとりが後ろから肩を押して、扱いにくい大きな箱を下ろすようにして、階段をしゃにむに引きずり下ろした。

埴谷たちは、田中とその連れの詩人を本郷三丁目の停留場まで送った。「済みません、もう大丈夫です」とその詩人は言い、田中を送っていった。

（略）透視画のようにずっと遠くまで見渡せる白昼の真直ぐな大通りのはしをちょこちょこと小走りするその小さな瘠せた詩人と、奇襲攻撃が成功せずにいまはアドルムと焼酎の容器であるひとつの棒状の物体と化し、だぶだぶと内部で液体と憤懣と悔恨がいれまじって流動するにつれて抑えもきかず左右へよろめき傾きながら歩いてゆく他方の巨軀との対比は、映画のラスト・シーンのような一種ユーモラスな味わいと、もはやそこらへ頭をぶつけても軀のなかのばねは弾むこともあるまいといった奇妙な重苦しさの印象を私に与えた。（同前）

酒とアドルムを組みあわせることによって、ひとが一生かかって見る人工楽園と人工奈落の双方の底の風景を、田中英光は僅か二年ばかりのあいだに見てしまったのである。

正宗白鳥（まさむねはくちょう）も田中の作品には辟易としていたらしく、小説「アドルム」の中で田中英光と思しき人物を「作家A某」としてぼろくそに書いている。

最近刃傷事件で問題の人となって、諸雑誌の引張りだことなり、一度期に多量の作品を発表している作家A某の近作を、私も二三篇走り読みした。鼻を抓んで読んだのである。こんな小汚い小説も珍しい。(略)詩もなく情味もなく、文章に何等の綾もなく芸もなく、前をまくって、小便を垂れながら大道を歩いているような書き振りなので、泡鳴のがさつな筆致も、秋江の愚痴の連続もAの筆の歩みに比べると、まだしも行儀が正しいと云っていいのである。(「アドルム」)

凄まじい書きっぷりである。当時筑摩書房の『展望』編集部にいた臼井吉見も手厳しい。

六尺豊かな肉体をもった、大男のくせに、小心で、甘ったれで、無類のはにかみ屋で、酒とアドルムの魔力を借り、のたうちまわるようにあばれていたすがたが目に浮んでくる。頭を横切る想念を滅茶苦茶に写しとったと思われるような乱暴な原稿を太宰氏の紹介で次々にもちこみ、ことわると、まるで鯨が陸へ打ちあげられたように、大きな図体であばれるので始末にこまった。太宰の弟子だから別格の扱いをするものときめこんでいるらしい甘ったれには、我慢がならなかった。アドルム中毒で精神病院を出たり入ったり、妻子を捨てて、「たいへんな女」との同居生活で傷害事件をおこしたり、その滅茶苦茶を片っぱしから書きとばし、ついには太宰治の墓前で自殺をやってのけたのだった。

（『蛙のうた』）

共産党からの脱党、太宰の死、薬物中毒と自己嫌悪の果てしない悪循環の中で、昭和二十四年十一月、田中英光は三鷹市の禅林寺（ぜんりんじ）にある太宰治の墓前で、睡眠薬アドルム三百錠と焼酎一升を飲んだ上、安全カミソリで左手首を切って自殺を図った。新潮社の編集者、野平健一（のひらけんいち）は知らせを受けて駆け付け、上連雀（かみれんじゃく）の病院に運びこんだが、その夜、田中は死んだ。享年三十六だった。

野平は昭和三十九年、『週刊新潮』の編集長に就任。私が『週刊文春』に在籍当時、ライバルは『週刊新潮』だったが、その編集長が野平だった。

Ⅷ　ほのぼの系泥酔者たち

終戦後まもなく、太っていることはうしろめたいことであり、悪徳だった。梅崎春生は新宿のバーで、中央線沿線文士の太った体つきに嘆声をあげた。

戦後まもなく、近代文学派の作家たちが、なにかの会合の流れで一杯やろうということになった。梅崎春生、椎名麟三（しいな りんぞう）、野間宏、埴谷雄高、その他二、三名で新宿のある飲み屋に入った時の話である。梅崎が書いている。

（略）先客が五六人いて、河盛好蔵、井伏鱒二、その他中央線在住の作家評論家が、ずらりと並んでカストリか何かを飲んでいた。私たちはその傍で、一杯ずつぐらい飲み、すぐに飛び出して他の店に行った。他の店に行って、異口同音に発したのは、

「あいつら、肥ってやがるなあ」

という意味の嘆声であった。それほどさように、当時の戦後派の肉体は、やせ衰えていて、彼等のボリュームに完全に圧倒されたのである。

（「悪酒の時代　酒友列伝」）

今となってはみんな太ってしまったので、当時の野間や椎名の身体や風貌を思い出そうとしてもうまく思い出せなくなっているが、その時のみんなの嘆声だけはありありと思い出すことができると梅崎は言う。

（略）それから十年経った今はどうであるか。十年の間にこちらの肉体はずいぶんふくらんで、野間、椎名、武田泰淳、中村真一郎と並べてみても、堂々たる体格ぞろいで、中央線沿線をはるかにしのぐだろう。今思うと、あの時の中央線沿線にしても、私たちの眼から見たからこそ肥っているように見えたので、その実はそれほどでもなかったのだろう。中肉中背か、それ以下だったかも知れない。

とにかくあの頃は、肥っているということはうしろめたいことであり、あるいは悪徳ですらあった。新聞の投書欄か何かで、外食券食堂の女中さんが肥っているのはけしからぬ、という意味の記事を読んだ記憶がある。肥ったたって痩せたって、当人の勝手である筈であるが、それがそうでなかった時代があったということは、いつまでも記憶されていていい。（同前）

それから数十年が経過して、梅崎春生は蓼科（たてしな）に居を構え、蓼科大王という恐ろし気な異名を称するようになっていた。同時期、遠藤周作も蓼科に別荘を持ち、行き来をするようになった。遠藤は考えていた。梅崎のような根の優しい人間が、どうしてあんなにイジワルな小説を書くのだろうと。梅崎と毎晩一緒に酒を飲んでいると、遠藤はその謎がすこし解けたような気になった。酒をくみかわしながらじっと観察していると、蓼科大王の酔いっぷりには三段階あることが分かった。

はじめはとぼけた冗談を私と言いながらコップを口にあてているが、やがて舌がややもつれ始めると、突然、イジワルなものの眼つきをする。そういう時、本当に大王は、急にイマイマしそうな表情をして、私の、俗物根性や虚栄心、エゴイズム、そういうものに、イヤみを一つ一つ言いはじめるのだ。もちろんその相手は私だけではない。今日まで彼の繊細な心を傷つけた時代や社会や人間にたいする恨みを発散していることがはっきりわかる。我慢してその嫌味を聞いていると、彼は突然コックリと首をおとす。こうなるともういくら止めても駄目だった。頑強に首をふり帰る、帰ると言いはじめるのだ。

「ぼ、ぼく、帰る。ぼ、ぼくはこんな家にいるのはイヤだ」

ひょろ、ひょろと立ち上って、盲人のような手つきでステッキを探し、ひょろ、ひょろと危なかしい足どりで歩いていく。もっともある夜、帰ろうとした氏は椅子からどうにか立ちあがれたが、足腰さだまらず、我が家のルンペンストーブの穴の中に尻もちをついた。氏のお尻はスポリとストーブの穴の中に入りこみ、体の自由を失って亀のように手足をバタバタ動かしていた。あの時は力持ちの女房でさえ彼の尻をストーブから引きずり出すために、ひどく苦労したものである。

後年、肝臓を悪くした氏に私が禁酒をすすめた時、彼は真赤になって怒った。

「君あ、酒がぼくの文学だということがまだわからないのか」

記憶ちがいでなければ、彼はたしかにそう怒鳴った筈である。

（「梅崎春生」）

泥酔文士のエピソードも苛烈なものばかりではない。ほのぼのとして心温まる話もなくはない。たとえば河盛好蔵と上林暁の友情など実に微笑ましい。

文士は作家とは違う。文士にまず求められることは、いかに生きるか、ということだった。世間の常識や銭勘定に惑わされることなく、いかに、自らに恥じることのない人生を送るか、が至上命題だったのだ。作品はそののちに、零れ落ちてくるものだった。おのずから感興が湧き起こるのを待ち続けるのである。

そんなことをしていれば当たり前なのだが、貧乏は必至だった。文士は貧乏人の代名詞のようなものだった。そんな金のない文士たちは、昭和の初めころから田畑の広がる、家賃の安い中央線沿線に住むようになった。

そして昭和十一年、中央線沿線に住む文士たちの親睦を目的として、井伏鱒二が中心になって阿佐ヶ谷会というものが発足したのだった。と言っても最初はもっぱら将棋を楽しむ阿佐ヶ谷将棋会というものだった。メンバーは井伏以外には青柳瑞穂、外村繁、木山捷平、上林暁、太宰治、小田嶽夫、河盛好蔵らがいた。

会は、当然ながら将棋だけで終わるわけもなく、酒に流れていくのが通例だった。いつしか将棋は忘れ去られ、酒を飲む親睦会となった。

当時の写真が残っている。青柳瑞穂の自宅が宴会場になり、みんなが会費を払って、狭い畳の部屋で胡坐をかき、煙草をくわえながらちびちびと酒を飲んでいる。よれよれの着物を着ているものあり、一張羅の背広を着ているものあり。みんな子供のような恵比須顔である。時には遠足にも出かけた。奥多摩へ行ったり、高麗神社を訪ねたり、鮎釣りに出かけたり。太宰治も連れだって出かけているのが面白い。御嶽のふもとの蕎麦屋の座敷に座って、太宰はにこやかに窓の外の風景を眺めている。
酒の席ではみんな愉快だった。河盛好蔵は酔うと「水色のワルツ」や「有楽町で逢いましょう」を歌った。外村繁は一定量の酒が入るまでは手が震えて、盃の酒の大半を零していた。火野葦平は豊後浄瑠璃を歌ったりした。
その中でも、上林暁の飲みっぷりは凄かったらしい。河盛が書いている。

（略）その酔いっぷりの徹底的なことは全く見事である。酒を飲むというよりも、酒の方から上林君をぐんぐん引きずり込んでゆくような飲み方、酔い方で、そのときの上林君は酒仙に近い。その酒のために一切を忘れている陶然たる姿を見ると、ふと涙ぐましくなるような時がある。小説を書く人の辛さを思うのである。酒のさめたあとの上林君の寂しさを思うのである。

（「酒と酒客」）

終戦の年の暮れには、阿佐ヶ谷一丁目の路地に、総ヒノキの造りの屋台が登場。上林暁はしばしば立ち寄って、一皿五円のおでんをガツガツ食い、コップ酒をあおった。
最盛期には、上林がつけにできる店が阿佐ヶ谷に二十三軒あったと自慢している。その後、阿佐ヶ谷の北口側にはまだなじみの店がいくつか残っているが、南側は激変し、「キノコのようにごみごみ生えていた屋台は、一つ残らず取り払われて」広場になってしまったと上林は嘆く。

いまから思うと一場の夢のようであるが、ここの屋台の群れの中に某作家の先の夫人が営んでいた一軒があった。外村繁君の見合いもここで行われたし、伊奈信男、末常卓郎、緒方昇などの新聞人、ムーラン時代の森繁久弥、中山魏画伯なども顔を見せ、マダムの歌うソプラノとともに、あたりの屋台を圧したものだった。

私はこの駅前広場にたたずむのが好きである。ほこりっぽいけれど、ほこりっぽいのをも私は愛するといえよう。大きな空が一ぱいにながめ渡されるのが何よりいい。夕焼空、浅黄空、月空、とりどりにいい。バス停留所にあるベンチに私はなんということもなく腰を下ろすことがある。

(「阿佐ヶ谷案内」)

阿佐ヶ谷駅前のバス停のベンチに座って大空を眺めている上林の姿が目に浮かぶ。

ある日の午後、阿佐ヶ谷駅に降り立ってみた。

かつての南口の広場あたりに行ってみる。高い建物が林立して、もはや「大きな空」などどこにもない。車が行きかい、騒音があたりに充満している。それも無理はない。上林が大空を眺めてから八十年の歳月が経ってしまっているのだから。

上林暁の家と河盛好蔵の家はともに杉並区天沼(あまぬま)にあって非常に近かった。酒に酔ってご機嫌になった上林は夜中の二時、三時に「ラバウル小唄」を歌いながら、河盛の家の前を通って自宅に帰って行く。

〽さーらーばラバウルよー、また来るまーでーはー。


滅多にないことであるが、時々夜更けて遠くから上林君らしい歌声が聞こえてくることがある。上林君じゃないかなと思っていると、その足音がわが家の門のあたりでとまって、「河盛さん!」と呼ぶ声が聞える。こちらは寝床のなかにいる上、二時三時という時刻であるから、だまって知らん顔をしていると、次に「河盛君! 河盛!」となる。それからしばらくして「元気か!」と言って、こんどはもう歌を歌わないで遠ざかってゆく足音が聞こえる。上林君の家は拙宅から五分ばかりのところにあるから、私は今頃はもう上林君も無事に寝たであろうと思いながら、それから暫く床のなかで眼をあけているのである。

(「酒と酒客」)


昭和十一年に始まったこの阿佐ヶ谷会は、いつも座敷を提供してくれていた青柳瑞穂が昭和四十六年に亡くなったのをきっかけにして、翌四十七年、物故者の追悼をかねて、新宿の「東京大飯店」で開催したのを最後にして終わった。実に長きにわたって続いた親睦会だった。

残された名簿を見てみると、三十数名の人たちの名前がある。あの泥酔の巨人、古田晁の名前もあれば、文藝春秋の先輩の名前も並んでいる。白洲正子に原稿を書いてくれと迫った田川博一と『文學界』の編集長だった印南寛がいる。私にはふたりの印象深い思い出がある。

文藝春秋の写真部にいて何かの作業をしていたとき、すでに役員になっていた田川が突然入ってきて、写真部員に「俺の顔写真を大きく焼いてくれ。葬式の時、遺影に使うから」と命じているのを聞いて、思わずまじまじと顔を見つめてしまった。『文學界』編集長ののち編集委員となった印南は、『週刊文春』編集部の一角に机を構えて終日、机の上に脚を載せて小説を読んでいた。出版されたばかりの林真理子のデビュー作『ルンルンを買っておうちに帰ろう』を読み終わって、「彼女は面白い」と呟いていた。

上林暁は多年にわたる大量の飲酒のせいか昭和二十七年に脳溢血で倒れ、三十七年には二度目の脳溢血に襲われる。以後、寝たきりのまま口述筆記で作品を発表し続けた。が、昭和五十五年に亡くなった。享年七十七。

平成五年、会の創始者、井伏鱒二死去。享年九十五。

平成十二年、河盛好蔵死去。享年九十七。

そして、平成十八年、生き残っていた最後のひとり、巖谷大四(いわやだいし)が死去。享年九十一。

阿佐ヶ谷会を知る文士はこの世から完全にいなくなってしまった。

ほのぼの系酔っ払いに、あと二人を加えたい。
日本浪曼派の代表的詩人・伊東静雄と、
文武両道の謹厳居士、立原正秋である。

伊東静雄(いとうしずお)は昭和十年、二十九歳の時にわずか三百部のみ出した処女詩集『わがひとに与ふる哀歌』で一躍注目を浴びるようになった。

太陽は美しく輝き
あるひは　太陽の美しく輝くことを希ひ

手をかたくくみあはせ
しづかに私たちは歩いて行つた
かく誘ふものの何であらうとも
私たちの内（うち）の
誘はるる清らかさを私は信ずる

（「わがひとに与ふる哀歌」）

この出版を祝し、同じ年の十一月二十四日、新宿三越裏の焼鳥屋「とと屋」の二階で出版記念会が開かれた。萩原朔太郎、室生犀星（むろうさいせい）、三好達治、丸山薫（まるやまかおる）、保田與重郎（やすだよじゅうろう）、檀一雄、津村信夫（つむらのぶお）、立原道造（たちはらみちぞう）、太宰治、山岸外史（やまぎしがいし）など浪曼派系の有力詩人が参会した。なんとここにもしっかりと中原中也は顔を出しているのだった。

席上、萩原朔太郎は「日本にまだ一人詩人が残っていた」と激賞した。

散会後、伊東を二次会に誘うもののないのを見て、中也は伊東をおでん屋に誘った。大阪から来ている伊東の宿がまだ決まっていないのを知って、「今夜はおれのうちに泊まれ」と誘い、「大阪から来ているから勝手を知らないと思うけど、東京では、こういう時は主人公が払うものなんだ」とおでん屋の代金を伊東に払わせている。

釈然としない伊東はこのことをいつまでも覚えていて人にも語っている。

九州生まれではあるものの、伊東は確かに大阪人だった。「もし私が大阪に住まなかったら、恐らく私は詩を書かなかったことだろう」とも書いている。大阪人らしく率直な口の利き方もした。自分を激賞してくれた萩原朔太郎については「飯粒をポロポロこぼして、食い方が汚い」と評し、一方、「保田與重郎の立てひざして肩を落として食う行儀の悪い食い方はなかなか味がある」と高く評価していた。

伊東静雄自身の酒の飲み方については「肩を落としたヤクザのような」と形容した人があったらしい。「大体がくたびれ屋みたいなところがあったから、肩をあげたり、肩を落したり、体をまげたり、よく形がかわる方だった」と富士正晴(ふじまさはる)は書いている。

酔うと陽気になって奇想天外な話もした。「僕は天井に足をつけてパカパカ走ることができる」などと、本気になってにこやかに話したらしい。富士正晴が伊東の思い出を書いている。

ビールをビヤホールで飲むのには一頃よくつき合ったが、酔えば(酔わなくてもだが)短歌を朗詠したり、詩を朗詠したりするのが好きといったところがあり、と同時に女の子に野卑な冗談をいうのも好きだったようだ。
(略)酒の飲み方としては汚い風体の陽気な男が腹まきに札束をずしりと入れて、女給仕を冗談でキャッキャッいわせながら、傍若無人に飲むといったあたりの形がまことに羨しかったらしいが、本人はとてもその仁ではなかった。又、東京下りの円馬がひっそりしたおでん屋で黙々として飲んでいる、その形にもあこがれていたようであったが、これも本人はとてもそういう形にはなれそうになかった。

薄暗い西日のさす狭い室で、どこかに蚊の音がしているようなうっとうしさの底に、じっとたえながら手酌で飲んでいるというような形が、何か伊東静雄に一番似合うような気がするが、そういう場合に行き当った記憶がない。記憶がないといえば、彼がウイスキーや、ジンや、カクテルといった洋酒を飲んでいるのを見たこともない気がする。

記憶に残っているのはビヤホールでビール、それだけだ。これはわたしの記憶に欠落があるためらしい。

彼が酒に酔っ払って乱暴したというようなことは耳目したことはない。心斎橋の歩道に坐りこんで、通行の婦人に、「ちょっと、ねえちゃん、ねえちゃん」と呼びかけて、わたしを閉口させたことが一回ある。

（「伊東静雄と酒」）

もう一人のおちゃめな酔っ払いは立原正秋（たちはらまさあき）である。

肖像写真を見ると、立原はたいてい和服を着て、畳の上に正座してカメラに対峙している。小林秀雄を敬愛し、日本の古典芸能から庭園や寺社、骨董まで造詣もはなはだ深い。おまけにヤクザを木刀で叩きのめしてしまうほどの剣道の達人でもある。その人が、『小説現代』の昭和四十二年八月号に「酒中日記」なる随筆を寄せている。謹厳実直、を絵に描いたような作家である。

日記形式で、毎日、誰と酒を飲んだかを記録したものである。たとえば、こうである。

某月某日

《犀》同人の金子昌夫、東方社の渡辺氏、文藝春秋の大河原氏、ひるすぎに殆ど同時に来訪。この三人殆ど酒がのめず、あるじとして物足りない心持ひとしお。渡辺氏さきに帰り、間もなく大河原氏が帰り、しばらくして新潮社の坂本氏来訪。坂本氏はわがよき酒友なり。金子は菓子などをつつき、坂本氏と私、到来物のナポレオンをあける。しばらくして金子帰り、坂本氏とまちにでる。〈たじま〉に、最近北鎌倉に越してこられた新潮社の斎藤重役しばしば現われる。なんとはなしにこわき人ゆえ、もし本日〈たじま〉に斎藤元老がいたら、われわれ青年は他へ行こう、と坂本氏と話しながら路地を入り、窓より〈たじま〉のなかをうかがう。さいわい元老の姿見えず、店に入ったら、高橋和巳氏が酒を酌んでいるのに出あう。板前の牧さんの話では、元老は昨日みえられたよし、それなら今日は見えないだろう、と腰を落ちつけて酒を酌みはじめる。

「斎藤重役」というのは、新潮社の〝主〟のような齋藤十一のことであろう。あの高橋和巳（たかはしかずみ）が一人で酒を飲んでいるのに出くわすというのも面白い。

こんな毎日の飲酒報告の中に、突然こんな報告が挿入されているのだ。

某月某日

家人をともない映画『情炎』の試写をみるため築地の松竹本社に行く。岡田茉莉子主演、吉田喜重監督の映画だが、私の作品に岡田さんが出るのはこれで三度目である。

試写をみおわってから松竹のレストランで吉田夫妻とウイスキー。帰路〈葡萄屋〉にたちより、ブランデー。肴にとなりに掛けた女の子の乳首を服の上からつまむ。帰宅してから家人いわく、

「あんなことをなさってはいけませんわ」

家人ならずとも、そんなことをなさってはいけませんよ、と言いたくなるというものである。

『酒』という雑誌に毎年掲載される「文壇酒徒番附」で酒癖が悪いと指弾された河盛好蔵は大いに閉口し、後進のために酒の飲み方を諄々と説くのだった。

かつて『酒』というミニコミ雑誌があり、毎年正月にはその年の「文壇酒徒番附」を発表して酒徒の品定めを敢行、文士たちを戦々恐々とさせていた。そこで河盛は「酔うとすぐ威張り出して説教を始める悪い癖がある」と指摘され大いに閉口した。酔って威張り散らすなど、「酒飲みとしては下の下なるもので、酒品はゼロと言わなくてはならぬ」と慨嘆しつつ、自己批判もする。

そこから翻って、河盛好蔵はなぜか酒飲みの心構え、酒の飲み方の作法を開陳し始めるのである。

まず酒を飲むときには、酒を飲む以外の目的をできるだけ持たないことが望ましい。よく、相手をしたたかに酔っぱらわせて精神が朦朧（もうろう）としたときに、商談などを有利に運ばせようとする向きがあるようだが、一緒に酒を飲みながら、自分は酔わずに相手だけを酔わそうとするほど衛生に悪いことはないそうである。そんな人は大てい脳出血で死んでしまう。酒の使い方が邪道なために天罰を受けたのである。

（「酒の飲みかた」）

第一、卑怯ではないか。相手が朦朧としてきたら、こちらも一緒になって朦朧となり正々堂々と雌雄を決すべきではないか、というのが河盛の主張である。したがって酒の強い人は、酒の弱い人よりもピッチをあげて飲むべきで、相手にハンディキャップをつけてはいけない。双方とも同じ程度に酔っぱらえば、酔いがさめてもお互い、きまりの悪い思いをしなくともすむ。酒席のことは、その場かぎりとして、忘れてしまうこと、たとえ覚えていても、忘れた顔をすることがエチケットであるとのたまう。

素面（しらふ）のときには言えないことを、酒の力を借りて言うことも禁物である。よく後輩が、酒に酔って先輩にからんでいるのを見ることがあるが、あれは見苦しいし、酒が覚めてからの当人の気持を考えると、こちらの酒までまずくなる。もっとも世間には、意識して酒席で上役や先輩に適当にからんで自分を売り込み、「あいつはなかなか見どころのある男だ」と思われようとする人間も少なくない。そういう人間の魂胆を見ぬくことが上役たる者の責任であろう。（同前）

同様に、酒を飲むとすぐ先輩風を吹かせて威張ったり、訓戒を垂れたりする人間も鼻持ちがならない。そんな人間と酒を飲むと、きっと悪酔いをする。まずは敬して遠ざけるのが賢明であると諭す。また、酒に酔うと、いやに上機嫌になって、見さかいなく、見知らぬ人にまで握手を求めたり、親愛の情を表したりする人がいるが、あれもおっちょこちょいに見えて、感心できない。第一に他人迷惑である。ドイツの格言に、「酒がつくり出した友情は、酒のように、ひと晩しかきかない」というのがあることを知っておいてた方がよい、と指摘する。

そして、結局のところ、酒は静かに飲むべきものなのだという結論に至る。

（略）酒はつき合いで飲むべきものではなく、自分自身の楽しみのために飲むのが本筋であろう。そうすればだれの迷惑にもならない。《白玉の歯にしみとほる秋の夜の酒はしづかに飲むべかりけり》という若山牧水の歌は、酒飲みの作法の第一課であろう。

（同前）

酒は大勢と一緒に飲みたくはない。ひとりしづかに飲むべかりけり、の若山牧水だが牧水には牧水なりの悩みがあるのだった。

戦前の歌人である若山牧水（わかやまぼくすい）と酒は切っても切れぬ関係の深さだった。まるで酒樽に浸かっているような歌人だった。酒の歌も多い。

とろとろと　琥珀の清水　津の国の　銘酒白鶴　瓶あふれ出る
酒の名の　あまたはあれど　今はこは　この白雪に　ます酒はなし
かんがへて　飲みはじめたる　一合の　二合の酒の　夏のゆふぐれ
ただ二日　我慢してゐし　この酒の　このうまさはと　胸暗うなる

朝酒は　やめむ昼ざけ　せんもなし　ゆふがたばかり　少し飲ましめ
あな寂し　酒のしづくを　火に落せ　この夕暮の　部屋匂はせむ
ほんのりと　酒の飲みたくなるころの　たそがれがたの　身のあぢきなさ
酒無しに　けふは暮るるか　二階より　あふげば空を　行く鳥あり
酒飲めば　涙ながるる　ならはしの　それも独りの　時にかぎれり
酔ひぬれば　さめゆく時の　さびしさに　追はれ追はれて　のめるならじか

酒飲みならば沁みてくるような歌の数々ではなかろうか。牧水は、若いころは一升など何の苦も無く飲んだという。だが、歳とともに酒量は漸減した。

昨今私は、毎晩三合ずつの晩酌をとっているが、どうかするとそれで足りぬ時がある。さればとて、独りで五合を過ごすとなると、翌朝まで持ち越す。

このごろだんだん独酌を喜ぶようになって、大勢と一緒に飲みたくない。つまり強いられるがいやだからである。元来がいけるたちなので、強いられればツイ手が出て、一升なりその上なりの量を飲みおさめることもその場では難事でない。ただ、あとがいけない。

（「野蒜の花」）

つまりマイペースで、自分の好きな量だけ酒を楽しみたいというわけだが、牧水は名前の知られた歌人ゆえ、日本の各地で行われる歌会に招かれることがはなはだ多かった。しかも酒好きだと夙(つと)に知られている。地方の名士は手ぐすね引いて牧水を待ち構えているのである。

旅で飲む酒はまったくうまい。しかし、私などはその旅さきで、ともすると大勢の人と会飲せねばならぬ場合が多い。各地で催される歌会の前後などがそれである。酒ずきだということを知っている各地方の人たちが、私の顔を見ると同時に、どうかして飲ましてやろう酔わせてやろうと、手ぐすね引いて私の一顰一笑(いちびんいっしょう)を見まもっている。したがって私も、その人たちのせっかくの好意や好奇心を無にしまいため、強(し)いてもうまい顔をして飲むのであるが、事実ははなはだそうでない場合が多いのだ。これは底を割ると、両方ともきわめて割のわるい話にあたるのである。

どうか諸君、そうした場合に、私には、自宅において飲むと同量の三合の酒をまず勧めてください。それでもし、私がまだ欲しそうな顔でもしていたら、もう一本添えてください。それきりにしてください。そうすれば、私も安心して味わい、安心して酔うという態度に出ます。そうでないと、今後私はそうした席上から遠ざかってゆかねばならぬことになるかもしれない。これは何とも寂しいことだ。（同前）

そう言って、牧水は嘆くのである。特に献酬というのが一番いけない。それも二、三人どまりの席ならばまだしもだが、大勢一座の席で盃のやりとりが始まると、席はたちまちにして乱れ、酒の味どころではなくなってくると、地方の過剰なもてなしに頭を抱えてみせる。

酒だけではない。食べ物も、田舎の人たちはしこたま用意して待ち構えている。とても食べられたものではないのだとぼやく。

（略）酒のみは、多く肴(さかな)をとらぬものである。もっとも独酌の場合には、肴でもないと何がなしに淋しいということもあるが、誰か相手があってくれれば、多くの場合それほど御馳走はほしくないものである。

念のために、ここに私の好きなものを書いてみると、土地の名物は別として、まずとろろ汁である。これはちいさい時から好きであった。それから、川魚のとれるところならば川魚がたべたい。鮎、いわな、やまめなどあらばこの上なし。鮒(ふな)、鮠(はや)、鯉、うぐい、鰻、何でもけっこうである。いったいに私は、海のものより川の魚が好きだ。ただしこれは、海のものよりたべる機会が少ないかもしれない。

それから蕎麦(そば)、夏ならばそうめん。芋大根の類、寒い時なら湯豆腐、香(こう)のものもうまいものだ。土地土地の風味の出ているのは、この香のものが一番のように思うがどうだろう。

田舎に生まれ、貧乏で育ってきたゆえ、あまりめざましい御馳走をならべられると胆が冷えて、食欲を失うおそれがある。まことに勿体(もったい)ない。ないがしろにされるのはむろんいやだが、いたずらに気の毒なおもいをさせられるのも心苦しい。

飯の時には炊きたてのに、なま卵があればけっこうである。それに朝ならば味噌汁。


(同前)


どさくさにまぎれて、随分勝手なことを言い散らかしているものである。

昭和二年、妻と共に朝鮮へ旅行した際に体調を崩して帰国。長年にわたる酒の飲み過ぎによる急性胃腸炎と肝硬変を併発して、翌昭和三年に亡くなっている。享年四十三だった。

尾崎士郎は金もないのに洲崎の娼楼に登り、酒をガンガン飲みまくった挙句、あろうことか北一輝に金を貸してもらえないかと懇願するのだった。

尾崎士郎は、昭和八年に始まった連載新聞小説『人生劇場』で一躍流行作家となった。早稲田大学に入学した青成瓢吉の青春とその後の人生の変転を描く長編の自伝的大河小説で、なんと昭和三十四年まで続いた。尾崎は明治三十一年生れ。その尾崎の若いころの話だから、大正年間のエピソードである。

齢も若く、衒気に満ち満ち、健康そのものだったので、その頃の尾崎の生活は野放図を絵に描いたようなものだった。ただ、惜しむらくは金だけがなかった。

懐が寂しいので、酒は屋台のおでん屋か、ヤマニバーで飲むことが多かった。ヤマニバーというのは、先に、梅崎春生が新宿・矢来町の新潮社のそばにあった「飯塚」という飲み屋に通った話を書いたが、この「飯塚酒店」が経営していた立ち飲みの一杯飲み屋と食堂が合わさった店をヤマニバーと呼んだ。「官許にごり酒」が有名だったらしい。チェーン店のように都内のあちらこちらにあったという。

そして酔いが回ってくると、偶然来合わせた友人を誘って次々と河岸（かし）を変え、やがて辿りつくところは吉原か洲崎だった。その洲崎を尾崎は懐かしく回想する。

街は海に面しているせいか、新鮮な海風が灯かげのなまめかしい情感をひとしお深めていた。特に夜があけてから廊下の窓の外にひろがる海の色を前にしたときのすがすがしさは、心の穢れまで洗い浄められるような思いがしたと、まあのんきなことを言っている。

ある朝、その洲崎の突端にある娼楼の二階で尾崎とその友人は眼をさました。夜来の興の残るに任せて、懐具合などまったく考えもしないで敵娼の部屋で酒をあおりにあおったのだった。

やがて番頭がやってきて勘定書きをつきつけた。到底支払いのできる金額ではない。それは最初から分かっていたことで、いざとなったら友人か自分のどちらかが残り、もう一人が誰かに金を借りに行けばいいくらいに考えていた。

そこで思い出したのが、北一輝だった。尾崎は以前、友人の紹介で北を訪ねたことがあった。

> （略）北一輝は学生時代の私たちの哲学の先生である北昤吉の兄貴である。私たちは彼の筆に成る「支那革命外史」を読んで感激していた。その跋文の最後の一節にある、「これをいうものは北一輝にして言わしむるものは天なり」という言葉に心酔し

た私は、何の憚るところもなく、酔いにまかせて一輝先生に借金の申入れをしたのである。代々木原頭にあった猶存社が一輝先生の家だ。私は敵娼君ケ代から巻紙を借り、一気に長い手紙を書いた。

（「酒痴」）

概略、こんな内容だったという。

前略、一瞥以来、青春の思い止みがたく、酒を載せて東奔西馳、ついに洲崎にいたって低徊去ること能わず、談論急湍、岩を嚙んで矢よりも迅く、今や夜深うして高楼に眠り、眼醒むるや人生荒亡、流連亦之を極むべからず、楊州の長夢消えつくして、去らんとする囊中一物も残さず、仍て一片の旧情にたよって借金の申込を為さんと欲す。先生幸いにわれ等が志を虚うすることなかれ。云々

（同前）

こんな勝手気ままな手紙を使いに持たせて、北一輝のもとに届けると「金は後で届ける」という返事が来た。それをいいことになお飲み続けているとやがて午後になった。金は来ない。仕方がないので娼楼の番頭に説明して、べろんべろんのまま、北一輝のいる代々木（よよぎ）へ金をもらいに出かけた。

（略）代々木の猶存社を訪れると、すぐ二階の一室へ通された。（略）痩身の北一輝は支那服を着ていたが、酔っていた私はすぐその前に立ち、北一輝何者ぞや、といったそうである。すると北一輝先生が、われは之れ日蓮の行者なりと答えた。それから、すかさず、尾崎士郎、何者ぞや、と叫んで私を睨み据えた。私は、彼の調子に真似て、われは之れ、マスター・ベーターなり、と答えたという。答えたという記憶はないが、答えたそうである。以上はすべて高木の記憶をそのまま書きしるしただけであるが、何とも知れず心愉しき一日であった。（同前）

嘘か本当か、にわかには判じがたい話である。そもそもマスター・ベーターとはなんなのだろうか。自慰者と言うなら、「・」はいらないのではないか。

昭和四年に新潮社から出た『文學時代』という雑誌の創刊号に「文壇悪癖善癖集」なる記事があって、そこで尾崎士郎は「▼梯子酒。▼酔ってキンタマを出す悪癖あり。露出症なり。」と書かれている。この人の言うことは、あまり本気で受け取らないほうがいいのかもしれない。

Ⅸ　超弩級の泥酔者たち

明治生まれの歌人・吉井勇の酔っ払いぶりはスケールが違った。若き作曲家・服部良一はすっかり度肝を抜かれ、そしてあきれ果てた。

ネットフリックスで京都を舞台にした「舞妓さんちのまかないさん」というドラマを見ていたら、主人公の二人の少女が京都四条通のちょっと北側の白川沿いをぷらぷらと歩いているシーンが出てきた。その時、道沿いに黒く大きい碑が一瞬映ったのだった。あ、これこれ、この碑だと思わず画面に見入ってしまった。数十年前、吉井勇(よしいいさむ)の名前を知ったのは、小川のたもとに見つけたこの歌碑によってだったのだ。

かにかくに　祇園はこひし　寐(ぬ)るときも
　　枕のしたを　水のながるる

なんとまあ、酔狂な歌人がいたことよ、と吉井の名前が強く印象付けられた。
かつてこの白川沿いには茶屋が数多く建ち並んでいたが、昭和二十年三月、米軍の空襲対策のために強制撤去された。この歌碑のある場所にかつてあった茶屋「大友(だいとも)」もこのときに消え去ったが、往時、奥の一間は白川に突き出ていて、「枕のしたを　水のながる」はこの茶屋に泊まった際の悦楽を詠んでいる。

この歌は吉井が明治四十三年に出した最初の歌集『酒ほがひ』の中の一首なのだが、昭和三十年、彼の古稀の祝いとしてこの歌碑が建てられたのだった。その発起人には錚々たる人たちの名前が並んでいる。四世井上八千代、大佛次郎、久保田万太郎、里見弴、志賀直哉、新村出、谷崎潤一郎、西山翠嶂、湯川秀樹などなど。谷崎とは東京府立第一中学校（現・都立日比谷高校）の同級生で、終生友人関係にあった。

吉井の祖父は薩摩藩士・吉井友実（明治維新における功績で後に伯爵に叙せられる）であり、父は海軍軍人で貴族院議員も務めた吉井幸蔵だった。つまり、勇は華族だった。その血筋を考えると、ずいぶん軟派な末裔が誕生したものだと思わないでもない。

そんな吉井勇に服部良一が翻弄されたのは昭和八年、服部が二十六歳のころだった。服部は、後に「別れのブルース」や「東京ブギウギ」、「青い山脈」や「銀座カンカン娘」など数々の名曲を生み出し、音楽界の大家として知られるようになるが、その頃はまだ無名の新人作曲家だった。

九段下にあったニットーレコードの専属作曲家として大阪から上京。

服部は新富町の相馬アパートに住み着いたが、そこには作家の丹羽文雄や作曲家の飯田信夫も住んでいて、夜遅くまで彼等の部屋に灯りがついているのを認めると、自分も頑張らねばと気を引き締めていた。

会社の先輩は、服部を一人前の作曲家に育て上げようと、様々な名士を紹介した。「花嫁人形」や「出船」の作曲者杉山長谷夫や、「叱られて」の弘田龍太郎、近衛秀麿と面識を得たり、詩人北原白秋や大木惇夫と席を同じうしてその芸術家気質に心をうたれたりもした。


吉井勇に紹介されたのは銀座のサンスーシーと云う酒場であった。あの大柄な身体から沁み出る温情にたまらなく親しさを感じた。子供の頃に聴いた「命短かし恋せよ乙女」のゴンドラの歌を思い起して僕も中山晋平に負けない名曲を作りたいと考え、間もなくニットーレコードで吉井さんの詩に何曲か作曲して吹込みする事になった。歌手は当時学生アルバイトの林伊佐緒や、日本橋のきみ栄、浅草の美知奴だった。吹込みの済んだあとの感激を乗せて、吉井さんを誘って「先輩の服部」竜太郎と三人で浅草の待合に車を走らせた。

吉井さんはすっかり浅草が気に入って、大変な御機嫌だった。こんな立派な先生と二度と一緒に遊ぶ事もなかろうと、此の際二三回遊んだと思って派手にヤラカセとばかりに、芸者をジャカスカと呼んだ。吉井さんも飲む程に酔う程に、手当り次第に電話で人を寄せ集める、ヤレ落語家だ画家だと、何んだか知らない間に数人の取り巻きが、我がもの顔に御座敷に溢れた。お酌が来る、太鼓が入る、お座附きが始まる、テンヤワンヤの大騒ぎとなって、どうもこの調子では仲々、お神輿を上げる様子もない。案の条、取巻き連も一緒に其の夜は雑居寐と相成った。其れから数日間、昼は寐て夜は芸妓を侍らせてのイツヅケ生活が始まった。吉井先生は床の間を背負って微動だにせず、絶えず赫ら顔をニコニコさせてさすが天晴れ見事な華族の殿様振りである。取り巻きや女達の云うままに色紙や短冊にあれこれと歌を書いては、傍らの画家がチョコッと絵をあしらう。中には着物や帯にまで歌を書いて呉れとせがむ妓も現われた。

一週間が十日、十日が一カ月と続いて、いささか僕も最初からの責任上、心配になった。待合の方からも問合せがあるが吉井先生、そんな事にこだわらずよきに計らえの豪遊振りには一寸手の附け様がなかった。

（「酔勇先生と僕」）

いったいぜんたい、人が設けてくれた宴席に、自分の友人やらなにやらを勝手に呼び寄せる人がいるだろうか。しかも一向に帰る気配がない。待合に一カ月も居続ける豪傑などこれまで見たことも聞いたこともない。いったいニットーレコードの支払いはいかほどだったのか、知りたいものである。
しかしこの豪遊も、吉井が酒のために体を壊して入院することとなり、ようやく終止符が打たれることとなった。そりゃそうだろう。寝ては飲み、寝ては飲みを一カ月間続けたらどんな人でも健康を損なうに違いない。

　極道と生れて海豚のうまさかな

服部良一は、吉井のこの句が昔から大好きで、冬になると、酔勇と署名のある色紙のことを懐かしく思い出していた。

天下無双の酔っ払い、吉井勇のせいで、森鷗外の異色の名作「ヰタ・セクスアリス」はあやうく行方不明になってしまうところだった。

森鷗外（もりおうがい）の異色小説「ヰタ・セクスアリス」は明治四十二年に発表された。題名はラテン語で性的生活を意味するvita sexualisから付けられた。

主人公の哲学者・金井湛(かねいしずか)が、高等学校を卒業する長男の性教育のためにと、自身の性的体験を綴るという体裁の小説だが、大胆な性的描写が問題となって、鷗外は上官の陸軍次官石本新六(いしもとしんろく)から懲戒を受け、掲載された文芸誌『スバル』七号は発刊から一カ月後に発売禁止の処分を受けることになった。鷗外は当時軍医総監という立場にあったため、かなりの非難を受けたものと想像される。

文芸誌『スバル』は鷗外監修のもと、最初は石川啄木(いしかわたくぼく)、平野万里(ひらのばんり)、吉井勇の三人がひと月ごとに交代して編集していたが、そのうちに石川啄木は郷里へ帰り、平野万里も公務に煩わされたりで、結局吉井が一人で編集をしなければならなくなってしまっていた。事件が起きたのはちょうどその頃の事だった。

原稿を取りに来いと云う電話が「鷗外から」かかって、私が千駄木のお宅に出懸けて往ったのは、もう日が暮れかかってからのことだった。「雷」と云う大きな字が一字書いてある、拓本の掛軸が懸かっているいつもの座敷で先生の手から、例の罫も何にもない白い紙に、鉛筆ではっきりと書いてある厚い原稿を受け取ったのだが、その晩先生は何だかひどく愉快そうだったので、飯を御馳走になったりして、八時頃まで話し込んでしまった。そして私は千駄木のお宅を出ると、今受け取ったばかりの原稿をかかえて、丁度その晩永代橋の傍の西洋料理屋の二階で催されている筈のパンの会へ出懸けて往った。このパンの会と云うのは、北原白秋、石井柏亭、山本鼎、高村光太郎、木下杢太郎、長田秀雄、伊上凡骨などと云った連中のやっている会で、妙な河岸っぷちの汚ない西洋料理屋を見付けて来たりしては、盛んに飲んだり唄ったりした。私も勿論そのメンバアの一人だった。

（「「ギタ・セクスアリス」の思ひ出」）

鷗外先生から大事な原稿をいただいたのだから、そんなところに出かけないでさっさと帰ればいいではないかと思うが、吉井は無類の酒好き。気が付くと、永代橋の傍らの西洋料理屋「永代亭」に向かっていた。

この店は永代橋の東詰め、現在の交番の隣あたりにあった。そんなに高級な店ではなく、ポンポン蒸汽の船の発着所をかねた二階建ての店だった。また、パンの会の「パン」とは食べ物のパンではなく、ギリシャ神話の牧羊神のことで、若き芸術家たちがあつまり、会の最中、北原白秋作の唄がラッパ節にのせて歌われ、大いに気炎をあげたという。

（略）それはもう大騒ぎの真っ最中で、誰かが引っ張り出して来たらしい上田敏氏などは、みんなから無理に酒を飲ませられたと見えて、チョッキも何も酒だらけにして、独唱をやったりする位酔っ払っていた。が、酔っているのは上田氏ばかりでなく、そこにいる人達は誰も彼も、殆んど正体もないまでに酔っているのだから堪らない。遅れて往った私は、まるで杯の包囲攻撃に会っているような形で、忽ちのうちにみんなと同じように酔わされてしまった。

ところがこうして酔ったまでは分っているが、それから先が分らないのである。翌くる朝何だか見覚えのないようなところで目を醒まして見ると、昨夜千駄木のお宅で鷗外先生自身の手から受け取って来た原稿が見えない。誰かに預けたものか、何処かに置き忘れて来たものか、そんな記憶もまるでない。その辺のところは至極朦朧としていて、何もかもすっかり忘れてしまっている。

「こいつは大変な事をしてしまった。」

(同前)

ほうら、言わないこっちゃない、と思わず口にしてしまいそうになるが、なくなったものは仕方ない。もう、如何ともしようがない。土下座でもして、鷗外先生に思い出してもらいながらもう一度書いてもらうしかないのではないか。

その時の吉井の心境を考えると生きた心地がしなくなるというものである。

しかし幸運にも、その日の夕方になって、昨夜の西洋料理屋の酒棚の隅に置いてあった原稿が発見されたのだった。

私はほっと安堵の息を吐いた。

こう云った思い出があるだけに、私は鷗外先生の作品の中で、この「ヸタ・セクスアリス」にだけは、一種特別な懐しみがある。（同前）

お気づきだろうか。吉井は鷗外のこの小説の書名をずっと間違えて記していることに。正しくは『ヰタ・セクスアリス』なのに、吉井は『ヸタ・セクスアリス』と書いている。vita sexualisを「ヴィータ・セクスアリス」と読んで「ヰ」を「ヸ」と濁らせたのだろうが、きっとそんな細かいことには頓着しない人だったのだろうな。

酒仙・吉井勇には、鬼籍に入った六人の酒友たちの思い出を綴った「酒客列伝」なるものがあるが、しみじみとしていて、どこか物悲しい。

この「酒客列伝」執筆の動機を、吉井はこう書いている。

> 「十五から酒を飲み出て今日の月」と云う其角の句は、おそらくは彼自身の懺悔であろうと思うが、私もまた丁度その頃から酒の味を覚え、今日までおよそ三十年余り。もう、そろそろ斯界から引退しようと思っているに際し、既に故人になった人々を主とし、これに二三の酒客にして畸人を兼ねたるものを加え、酒に縁ある酉年の、心ばかりの杯供養、差しつ差されつした昔を、思い出しながら書いて見よう。
>
> （「酒客列伝」）

雰囲気のある、なかなかいい書き出しである。ここでは、六人の酒友たちが名前を連ねる。中沢臨川（なかざわりんせん）、押川春浪（おしかわしゅんろう）、坂本紅蓮洞（さかもとぐれんどう）、高梨俵堂（たかなしひょうどう）、中村秋湖（なかむらしゅうこ）、片岡平爺（かたおかへいや）。この文章が書かれたのが、おそらく昭和八年の酉年、酒友たちと飲みまくっていたのはそれより前のことなので、今から百年ほど前の話だろう。六人の名前を見てもピンとこないのは致し方ないが、ごく限られた有名人を除けば、普通の著名人は百年も経つとこれほどまでに忘れ去られ、分からなくなってしまうものかと儚い気持ちにさせられる。

まずは、中沢臨川（明治十一年―大正九年）。文芸評論家であり、電気工学者でもあった。東京帝国大学工科大学（現・東京大学工学部）を卒業するも、文芸への思い黙しがたく、在学中に窪田空穂、小山内薫らと『山比古』を創刊する。ロシア文学への造詣が深く、大正元年、『中央公論』にトルストイ論を発表し、文芸評論の道へ。

私が臨川氏と相知るようになったのは、何時の頃からだったか記憶していないが、多分日吉町のカフェプランタンあたりで、酔中小山内薫氏にでも紹介されたものだろうと思う。（略）

臨川氏はどっちかと云うと酒豪の方ではなく、二三本飲むと直きに淋漓たる酔態を見せ、それから先は杯の酒も殆んどみんな零してしまうのだったが、それでいて目だけは炯々と輝いて来て、酔うといつも極まって出る「馬鹿野郎」と云う怒罵の声が、相手関わず敲き付けられる。おそらくこの頃臨川氏と酒席を同じうしたもので、「君は馬鹿だよ」位の手柔らかなところから、結局この「馬鹿野郎」まで、いずれかの形で「馬鹿」と云う言葉を、浴せ懸けられなかったものはないと云ってもいいであろう。

それでいて臨川氏には、持って生れた徳があると見えて、私達が畏敬していたばかりでなく、教坊にいる女達までが「神様」と云う渾名を奉って、酔って座敷の真ん中に大の字なりに、ぐうぐう鼾をかいて寝ている周りを、ぐるりと大勢の女が取り囲んでいる涅槃図のような光景に、幾度接したか分らなかった。そう云う場合、「駄目よ、そんな大きな声を出すと、折角いい心持で寝ている神様が目を覚ますじゃないの」などと云って嬌音艶(なま)めかしく心安だてに叱られるのは、いつもこっちの役廻りだったのだから助からない。（同前）

酔うと決まって相手を「馬鹿野郎」呼ばわりする石川淳のような人は、その昔から連綿として存在し続けたのだということがよく分かる。酔うとすぐに他人に罵声を浴びせる酒癖を、久米正雄(くめまさお)は「憤り酒」と名付けた。吉井は自分も「憤り酒」であることを認めつつ、そのスタイルを教えてくれたのは押川春浪、中沢臨川のふたりで、「どっちかと云うと私は臨川を宗としているように思う」と書いている。

二番手はその押川春浪（明治九年―大正三年）。父はキリスト教の伝道師・押川方義(まさよし)。春浪は作家であり、編集者でもあった。冒険小説のジャンルを定着させ、雑誌『冒険世界』

『武俠世界』で主筆を務め、後進の作家、画家の育成に尽力した。

学生時代の蛮行は数知れず。そのためにいくつもの学校を転々としたが、一番の悪行は、東北学院在籍時、解剖した犬の肉を教室のストーブで煮て食べたことだろう。西洋人の教師に「何の肉を食べているのか？」と問われて「犬の肉です」と英語で答えて大問題となり、全校生徒の前での謝罪を要求されたがこれを拒否。たちまち退学となった。

春浪君の酒はどっちかと云うと狂飲に近く、若し私にそう云った傾向があるとすると、それはこの時代に春浪君から受けた影響が、いまだに私の何処(どこ)かに残っているものであって、私自身としてはそんなところにも、懐旧の情を感ぜざるを得ない。しかしほんとのことを云えば、当時まだ血気盛んだった私でさえも春浪君の酒には、多少辟易したものであって、その中でも私が最もまいったのはやはりプランタンの一隅の、同じ卓子同じ椅子に腰掛けたまま、二日二晩まんじりともしずに、日本酒かウイスキイならまだいいが、ベルモットの相手をさせられた時であった。今で云えばもうひどいスランプ状態、子供のことを云って涙を零したりするのが、とても見ていられなかったが、今から考えて見るとその当時春浪君には、何か家庭的の深い悩みがあったらしい。

（同前）

二日二晩寝ないでベルモットを飲むというのは、もはや拷問ではないか。押川春浪の酒は「憤り酒」と先に書いたが、ほとほと困り果てることもあったらしい。どういうわけか、春浪は小山内薫とは特に気が合わなかった。

（略）一度或る時、臨川、春浪、その他二三人に、小山内氏や私も交って、相変らずプランタンで飲んでいたが、そのうち築地の方へ往くことになって外へ出ると、春浪君はいきなり往来の真ん中で、ものも云わずに小山内氏の横っ面（つら）を殴り付けた。しかし留めるものがあったので、その場はそのまま納まったが納まらないのは私の胸で、妙に苛々（いらいら）したむしゃくしゃ腹から、出雲橋の橋袂のところまで来ると、今度は私が春浪君の横っ面を殴り付けて、直ぐその後で二人とも涙をこぼしながら手を堅く握り合った、と云うようなことがあったのを覚えている。（同前）

昔の人は熱かったのだ。今時そんなことをしたら、すぐにネット上で炎上してしまうに違いない。

三番手は坂本紅蓮洞（慶応二年―大正十四年）。文芸評論家であり、新聞記者、放浪生活者でもあった。放浪生活を続け、酒に酔っては毒舌を弄し、窮乏のうちに死んだ。紅蓮洞の名は与謝野鉄幹（よさのてっかん）から授けられた。与謝野晶子（あきこ）は「坂本紅蓮洞さん」という題で、彼にこんな詩を捧げている。

もとより痩せに痩せ給へば
衣を透して乾物（ひもの）の如く骨だちぬ。
背丈の高きは冬の老木（おいき）むきだしなるが如し。

ぐれんどうの命の顳顬（こめかみ）は音楽なり、
断えず不思議なる何事かを弾きぬ。
どす黒く青き筋肉の蛇の節廻し……

わが知れる芸術家の集りて、
女と酒とのある処、
ぐれんどうの命必ず暴風（あらし）の如く来りて罵り給ふ。

（「坂本紅蓮洞さん」）

紅蓮洞は、背が高くて痩せこけた、どうにも不気味な男のようである。吉井がこの男に初めて出会ったのは、千駄ヶ谷（せんだがや）にあった新詩社で与謝野鉄幹の誕生祝いがあったときだった。

（略）私は隣に坐っている長面醜怪な容貌をした男が、頻りに酒を勧めるのを見て、最初は多少薄気味悪くさえ感じたのだった。が、だんだん話をしているうちに、見懸けに寄らぬ好人物だと云うことが分って来ると同時に、時々吃々とした調子で云う辛辣を極めた毒舌に、一種の痛快味を覚えるようになった。しかし事実私が紅蓮洞と親しく交るようになったのは、私が飯田町の国学院大学の前にある飯田館と云う家に下宿をしていた時代からであった。

（「酒客列伝」）

その下宿へ、紅蓮洞はほぼ毎日のように遊びに来て、「お前、お前」を連発しながら悲憤慷慨したかと思うと、急に相好を崩して聞くに堪えない猥談を口にした。だが、どこか高士の風を備えていて、その猥談も遠い昔の神仙譚でも聞いているような縹渺（ひょうびょう）とした趣きがあった。

紅蓮洞と私との交遊は、その後かなり長い間続いた。彼の辛辣な毒舌は、到底故人蝶花楼馬楽の洒脱な警句には及ばなかったが、それでも心秘かに痛快に感ずることが屢々あった。私は彼の毒舌を聴くがために、幾度酒場と縄暖簾の間を往来したか知れなかった。が、その後私の生活状態が変るに及んで、私は漸く彼と相見る機会を失ったが、しかし私の心の中には、依然として老悪友紅蓮洞の姿が存在していた。

体が悪いと云うことを聴いて、早稲田の陋巷に二階借をしている彼を訪ねてゆくと、思ったよりも衰えていない彼は、自ら嘲るように笑って、一冊の帳簿を私に示した。

「こんなものを作るようじゃおれの命も長くねえよ。」

それは彼が病中書いたらしい、「知人名簿」だった。彼はそう云って自分で予言した通り、それから半年ばかりの後、築地の聖路加病院の一室で、数奇な寂しい一生を終った。

（同前）

森繁久彌主演の東宝映画で見たことのある「お湯屋ごっこ」。座敷に障子を倒して湯船とみなしてみんな素っ裸で入る。三木のり平の「ああ〜、いいお湯だなあ」が思い出される。

四人目となる高梨俵堂については、その経歴の詳細が分からない。わずかに大正十一年に公開された松竹映画「春駒」や昭和四年公開の映画「不滅親鸞」のキャストの中にその名を見つけられるばかりなのである。ここは吉井の文章に頼ることにする。

> 高梨俵堂と云えば知る人ぞ知る新派の役者で、故山崎長之輔の連鎖劇全盛時代の大幹部の一人である。
>
> 代官人（だいかんにん）と云った時分からの古い弁護士で、長髪で有名な高梨哲四郎の御曹子なのだが、持って生れた道楽気から文士劇に入り、到頭本職の役者になってしまった。私が俵堂に始めて会ったのは、山長一座が久しぶりで上京して、新富座で興行をしていた時で、彼はその時何とか云う落語家を演っていたのを覚えている。故人岡村柿紅、田村西男などの諸君とは、子供の時分からの友達だそうで、飲みっ振りと云い、遊びっ振りと云い、この三人位似ているものはなかった。警句連発、洒落縦横、この三人が

寄った時の酒席の賑やかさと云ったら、何とも云えないような面白さで、今思い出しても、「みんなでもう一度一杯やりたいなあ」と思う位である。（同前）

酔った俵堂が好きだった遊びに「お湯屋ごっこ」と呼ぶものがあった。実に奇想天外な遊びで、まず座敷の真ん中に外してきた障子を一枚横向きに立てる。これを風呂桶と見立てるのである。


（略）そこへみんな犢鼻褌も何も脱ぎ棄てたまま裸体となって、

「ああ、熱い、熱い。番頭さん、頼むぜ。」

「ああ、いい湯だ。ひとつ何か唄おうじゃないか。」

などと云いながら入り、手拭で顔を洗う真似なぞをしながら、いい心持そうに唄をうたうと云う趣向なのである。突然無造作に着物を脱ぎ棄てて素っ裸になるので、若い芸者などは声を立てて逃げ出してしまうが、こっちの連中は平然たるもので、都々逸か何かを唸っている。

（略）肥満った体に、手編みの毛糸のシャツ（これには真っ赤な色のと、真っ青な色のと二つあった）を着て、安っぽい鳥打帽子をかぶったところは、どうしても役者とは見えないのであるが、それで云うことするこ とが面白いものだから、何処へ往っても、「高梨さん、高梨さん。」と云って人気がある。が、一度浅草の或る家へ泊った時、朝何時になっても起きて来ないので、往って見ると、俵堂は腹匐いになりながら私の顔を見上げて、訴えるように云うのだった。

「困ったよ、君。起きようにも起きられないんだ。」

「ふうん、如何して起きられないんだい。」

訊いて見ると、起きられない訳である。彼は泥酔の結果寝小便をしたのであって、これで俵堂の人気は、忽ち浅草に於て失墜してしまった。 (同前)

この「お湯屋ごっこ」を森繁久彌主演の東宝映画で観たことがある。駅前シリーズだったか社長シリーズだったか定かではないが、共演の三木のり平が頭にタオルをのせて「あぁ〜、いいお湯だなあ」と怪演していたことが鮮やかに思い出される。なるほど、「お湯屋ごっこ」は座敷遊びの古典芸だったのか。

さて、五番手は中村秋湖。彼についても経歴の詳細は分からない。吉井によると、

中村は姓、秋湖は号、岡村柿紅君や蝶花楼馬楽などとも友達で、明治大正の八笑人

七偏人を選ぶならば、漏らすことの出来ない能楽仲間、柄(がら)から云えば、佐次郎と云う役どころである。

丈はあまり高くないが、目がぎょろりとして顔色青ざめ、何処(どこ)か定九郎の面影があるところから柿紅彼に名づけて曰く「油絵の定九郎」――これをつづめてアブサダと云うのが、到頭通称のようになってしまった。　(同前)

この秋湖で忘れられないのが横浜で繰り広げた悪ふざけ。

ある日、横浜は関内あたりで、中村秋湖と吉井勇、それに田島淳と皆から赤ちゃんと呼ばれている不思議な男が集って迎え酒をちびりちびりとやっていた。何か面白いことはないものかと酔った男四人があれこれ考えた末に、酔った勢いもあったのだろう、これからひとつ「升」の家を襲ってやろうではないかということに衆議一決した。

「升」と云うのは、土地の幇間桜川升八のことで、桜川慈悲成の子孫と称する文学青年である。座敷で会うと、久米さんが如何の、里見さんが如何のと、豊富なる文壇的知識を披瀝した後で、「先生のところの滋さんは、今年四歳におなりですね」などと云って、子供の名前や、年までも覚えていようと云う男なのである。

「よかろう。一つ不意に乗り込んで脅かしてやろう」

と云うことに相談一決。それから程遠くない「升」の家へ出懸けて往った。が、往って見ると生憎留守で、玄関の格子戸に堅く鍵が懸かっていたが、そんなことにひるむような連中ではなく、先ず赤ちゃんが台所口の障子を外すと、そこからどやどやと家の中へ雪崩れ込んだ。

「こんな時にいねえなんて、升の奴はよくよく運の悪いやつだよ。」などと云いながら、茶の間にとぐろを巻いていると、赤ちゃんが何処からか探し出して来たのは、朱鞘の大小と侍の鬘。

「こりゃあいいものがある。これを冠ってこれを差して、升八の跡へ引越して来ましたと云って、近所へ挨拶に廻ろうじゃないか」と、誰かが思い付いて云い出したので、早速下駄箱の中の板を外して、それに秋湖君が達筆で、書きも書いたり「駱駝倶楽部。」

　これを表に懸けて、蕎麦屋から切手を取り寄せると、赤ちゃんと秋湖君は、近所の芸者屋などに引越の挨拶に廻り、私と田島君は家に残っていたが、そのうち田島君は何と思ったか、さっき赤ちゃんの外した台所の障子に黒々と、

「恋しくばたづね来て見よ、信田の森のうらみ葛の葉」と、書きなぐったものなのであった。

何しろ根が文学青年で、仕方なしに幇間をやっていると云うような、洒落（しゃれ）の分らない升八のことだから、近所の芸者家からの知らせの電話を聴いて、駆け付けた時の怒りようと云ったらなかった。

秋湖君を思うと、私の目には、「駱駝倶楽部」なる五つの文字が、墨痕淋漓として現われて来る。（同前）

「蕎麦屋から切手を取り寄せる」という、今では何を言っているのか皆目分からない一文がある。これは、かつて引っ越してきた人は近隣にお近づきのしるしとして「引っ越し蕎麦」を配るという習慣があったころの話で、大正時代には、生そばの代わりに「蕎麦切手」という券を配ったのだという。

さてしんがりは片岡平爺。この人についてもよく分からない。かろうじて突き止めたのは、神田連雀町（かんだれんじゃくちょう）（神田の蕎麦屋「まつや」の裏手あたり）に「喜雀苑」という趣味の店を構えていて、その飾り窓にポツンと一本鳴子こけしが立っていたことや、大正五年に、淡島（あわしま）

寒月(かんげつ)の『おもちゃ百種』という本を出版したことくらいである。

私が知り合いになったのは、私の「墨水十二夜」の主人公――鈴木台水さんから紹介されたのであって、晩年は台水さんも往年の華奢を昨日の夢と思い棄てて、安物の書画骨董の売買を糊口の業としていたから、自然同じような商売の平爺君とも親く交るようになったのであろう。よく私の家へも、二人で一緒にやって来るようなことがあった。

平爺君は、以前は新派の俳優もやっていたのだそうで、細君もやっぱり女優上りだと云うことを台水さんから聴いたことがある。兎に角、台水さんと平爺君が一緒に歩いているところは、何処か弥次郎兵衛喜多八と云った形があり、二人で何か一儲けしようとしては、いつも損ばかりしていたらしい。

或る時、台水さんが私のところへ来て、しみじみと愚痴を云って曰く、

「如何も私達には運がないんですね。私が或るところで、小さな西洋の壺を見付け出して、それを片岡に二円五十銭で売ったもんです。すると片岡は、それをまたお得意先の銀座の或る所に持って往って、売りも売ったり五十円。うまくやりやあがったなと思っていると、如何でしょう、二三日前に片岡に会うと、奴さんひどく口惜しそう

な顔をして、あれはポンペイから掘り出された壺で、あれからまた千五百円で取引されたと云うじゃありませんか。二円五十銭から千五百円——馬鹿馬鹿しいにもほどがあると云うんで、昨夜は二人で自棄酒(やけざけ)を飲んでしまったものなんです。」

が、二人の商売は大抵こんなもので、そう云う結果からでもあるまいが平爺君は、簡単明瞭に左傾していた。二階の座敷の柱掛には、堺利彦君が、「渋六」と云う名前で書いた俳句の短冊が懸かっていたが、その前に坐っている主人平爺君の容貌服装は、これがまたひどく変ったものだった。

平爺君がよく愛用していたのは、芝居の上杉謙信が着ているような、ところどころに白い玉の房の附いた襟幅の広い古風な羽織で、顔もそれにふさわしいように、信長公のような髭を、唇の上に残してあった。

しかしその髭は、時々いろいろの形に変えられるのであって、

「何しろ自分の顔なんてやつは、時々髭の形位変えないと倦き倦きしますからね。」

などと云いながら、口髭をすっかり剃り落したかと思うと、山羊のような顎鬚を、何時の間にか生やしていたりするのである。

(同前)

ひょっとして酔っ払って書いているのではないか？久保田万太郎、内田百閒、山本周五郎のなんともグダグダのこの随筆を読んでみてほしい。

著名な作家に編集者は原稿執筆を依頼する。

「先生、玉稿を頂戴できませんでしょうか。いえ、小説でなくとも結構です。短い随筆でも結構ですので、ひとつなんとか……」

その作家の名前が目次にあるとサマになるので、編集者は頭を低くしてとにかくお願いする。

「うむ、まあ書いてもいいが、どんなテーマで書きゃあいいんだい？」

売れっ子作家は忙しいので、あまり手間のかかるものは書きたくないのだ。

「身辺雑記などいかがでしょうか？」

「身辺か……」

その時、編集者は、この作家は酒好きだということを思い出す。

「先生、酒についての随筆などいかがでしょうか」

「うむ、酒か」

著名作家の随筆を読んでいて妙に酒の話が多いのは、多分、こんな事情によるのではなかろうか。もちろんあくまでも想像ではあるのだが。そして作家の方も酒がテーマとなるとつい気が緩む。飲みながら書いちゃおうかなっと。

そうとでも思わないと、吉田健一のグダグダの随筆（六〇頁）など、その誕生理由がわからぬではないか。いや、まあ吉田の随筆はいつもグダグダなので、そうではないのかも知れないが……。

久保田万太郎の次の随筆など、どうだろうか。これもかなりグダグダであるぞ。


これで、世間からみると、わたしもいッぱしの飲み手らしい。

が、そうみられて、うそもかくしもなくわたしはくすぐったい。

というのは、
飲む。……飲むことにうそはない。飲んで、そしてしばしば酔っぱらうことにもうそはない。

が。……が、しかし……

うまくってわたしは飲まない。……うまいと思って。……いまだ嘗て、酒というものを、うまいと思ってわたしは飲んだことがない。

ねえ。

そんな罰あたりな飲み手が……酒飲みがありますか？

（略）

遮莫（さもあらばあれ）、このごろ、この二三年、そういってもわたしはいくじがなくなった。だらしがなくなった。いくじなく、だらしなくわたしは酔っぱらうようになった。

要は年である。年のために蝕まれて来た健康のしわざである。それと、もう一つ、羞恥心のもち合せのなくなったことである。……みッともないということを、わたしの、すっかりいつか忘れてしまったことである。……羞恥心、いいかえればいろけである。……人間、何の場合でも、いろけがなくなったらしまいである。……いろけあっての上の、つまりは、我慢である。

が、口惜しいから、半月ほどまえ、一人でわたしは銀座の岡田へ行った。そして、どれだけ一たい飲んだら酔っぱらうものかためしてみた。……一本あけ、二本あけ、三本あけた。

……由来、岡田の菊正宗、一人で三本はなかなかあけられないとつねづね、聞いているだけ、まんざら此奴、捨てたものではないとひそかにそうわたしは感じたのである。そして、もう一本あとを命じた。……そうなったら、もう、いくらでも飲めるような気がしたのである。……

間もなくその四本目もあいた。大丈夫か？　わたしはわたしに訊いた。大丈夫！　わたしはわたしにこたえた。……すなわち、わたしは、五本目を命じた。

「よろしいんですか、そんなに？」

岡田のおかみさんは眉をひそめていった。

「大丈夫……」

外に向ッても、はッきり、わたしはいった。

が、はッきり、口ではそういったものの、そういったそもそものその料簡は決してはッきりしていなかったのである。半ば、もう、正体をうしなっていたのである。

……ということは、そのあとすぐ、がッくりと、完全にわたしは意識をうしなった。

……その晩、どこをどうして家へ帰ったか？……むしろ、わたしは、あくる朝、自分の床の上に自分をみ出しておそろしい気がしたのである。

がッくりと。……此奴である。……このがッくりという奴が曲者なのである。

（「手束弓紀の関守がかたくなに」）

……だらけで、おまけに改行だらけなので、依頼された原稿用紙の枚数にすぐに達してしまうという、実に鮮やかな技が繰り出されているものと感心はするのだが。読んでいるとこっちまで「がックくり」ときてしまうあたりが、筆力というものなのだろうか。

内田百閒（うちだひやっけん）の次の随筆も結構な破壊力がある。

お酒が飲みたい。飲みたいから飲む。天の美禄だと云う話だが、こんなうまい物はないから、いくらでも飲みたい。しかしいくらでも飲むとお金がかかるのだが、お金の事は神秘な不思議に属する。それに触れたら千万言も他人には解らないだろうし、自分も解らなくなるから触れまい。そこでお金には構わずに、いくらでも飲もうとすると、その内に酔って来て仕舞にはもう飲めない。残念な事だが、飲めば酔うから止むを得ない。

毎晩杯に親んでいるが、その度に酔う。それで結局その晩はお仕舞と云う事になる。若い時は予め平野水を用意しておいて、酔が廻りかけると一寸お酒をやめて平野水をがぶがぶ飲み、そうして酔いを抑えて又飲んだが、今はそんな事はしない。酔ったらそれ迄とあきらめる。あきらめなくても飲めなくなるから、それで結局お仕舞になる。

杯を取る前に、決して酔おうとは思っていない、ただお酒が飲みたいだけなのだが、飲んでいる内に酔って来る。永年の経験でそれは知らない事ではない。酔イヲニクミテ酒ヲ強イルと云う言葉がある。無理な事は昔から解って居り、何人でも知って居り、私も知っている。しかし、酔うにきまっている酒を酔わずに、もっと飲み続けたい。

（「酔余」）

吉田健一の例の随筆と甲乙つけがたいグダグダぶりである。こりゃ、絶対飲みながら書いているだろうと思わざるを得ない。なにしろ随筆のタイトルが「酔余」である。

次の山本周五郎（やまもとしゅうごろう）の随筆もなかなかのものである。

山本は半年も前から構想を練り、精密なプロットを立ててまるで交響曲を作曲するようにある作品を書き始めた。書き出したのはいいが、作中の人物とももう半年以上のつきあいとなっている。倦むのである。辛くなってくるのである。もう二週間以上も酒浸りになっていると山本は告白する。

随筆のタイトルは「酒みづく」ときた。

（略）作中の人物は半年以上ものつきあいであり、誰が出て来てもみな古馴染（ふるなじみ）で、小さな疣（いぼ）や痣（あざ）や、めしの喰べかたや笑い声までがわかっていて、その男、または女の出番になると、うんざりして机の前から逃げだすか、酒で神経を痺れさせるほかはなくなるのである。いろいろ狼狽してみた。三浦半島へいったり、藤沢でだらしない遊びをし、二人の大切な友人に迷惑をかけたり、また華やかな街で五日も沈没したりした。

はたから見れば、これらはたのしい贅沢としかうつらないだろうが、当人は一刻々々が死ぬ苦しみなのだ。声に出して「ああ死んじまいたい」と、のたうちながら喚いたこともあった。

――酒みづく、という吉井勇の歌があった。酒びたりになるほかに、この世に生きている価値はない、というような意味の歌だったと思うが、もちろん正確ではない。違った意味の歌だったかもしれないが、いまの私にはそうとしか思えないし、いまの自分をそっくりあらわしているように思えるのだ。

朝はたいてい七時まえに眼がさめる。すぐにシャワーを浴びて、仕事場にはいるなり、サントリー白札をストレートで一杯、次はソーダか水割りにして啜りながら、へたくそな原稿にとりかかる。原稿はずんずん進むけれども実感がない、嘘を書いているようで、軀じゅうに毒が詰まったような、不快感に包まれてしまう。私はそれをなだめるために、水割りを重ね、テープ・レコードの古典的通俗的な曲をかけるか、

ベッドへもぐり込んでしまう。いっそこの瞬間に死んじまえばいいのに、などと独り呟きながら。（略）

さて、ひるになるが食欲はまったくない。そこで客が来れば大いに歓談してグラスの数をかさね、来なければ陰気な気分で、やはり水割りのグラスをかさねるわけである。どうにもやりきれないときには、しきりに電話をかけて友人を呼ぶのだが、みな仕事を持っているのでなかなか「うん」とは云わない。

「人間はいつ死ぬかわかりゃしないのに」と私は独りで呟く、「そんなにいそがしがってなんの得があるんだろう、みんなあんまり利巧じゃないな」（略）

午後四時になると、かみさんが晩めしの支度をしにあらわれる。私は相当以上に酔っているし、依然として食欲はないが、わが伴侶のあらわれたことで勇ましくなり、原稿を片づけてまずビールをあけてもらう。本当の気持はそれどころではない、渋滞して動かない仕事、その仕上りを待ちかねている若い友、さらにその若い友のうしろで舌打ちをしている偉い人、その他もろもろの、印刷工場の植字さんの顔までが眼の前からはなれないのだ。

「もうぎりぎりです」とか、「なにをうだうだしているんだ」とか、「どうせろくなものも書けないくせに」などと、怒っている人たちの声まで聞えるように感じられるのである。（略）一日一度の夕食を簡単に片づけると、一時間ばかりベッドにもぐり込み、起きるとまた水割りを啜りだす。かみさんは十時か十一時に自宅へ帰るが、あとはまた独りで水割りの濃いのを啜り、睡眠剤と酔いとで眼をあいていられなくなると、ようやく寝床へもぐり込む、といったぐあいである。

（「酒みづく」）

作家稼業の苦しさがよく分かるというものである。とても長生きできるような生業ではないように思えてくる。どうだろうか、これなど、飲みながら書いているというより、もはや作家が人間奈良漬けのようになってしまっているような気がする。

「檸檬」という静かで美しい小説を書いた梶井基次郎の酔態は、その小説とは似ても似つかぬすさまじいものだったと学生時代の友人たちが回想している。

梶井基次郎（かじいもとじろう）の繊細で鋭敏な感覚をいかんなく発揮した短編小説「檸檬（レモン）」をご存じだろうか。国語の教科書にも掲載されたことがあるので、読んだことのある人も多いのではないか。

か。京都の三高の学生だった頃、鬱々として街を歩いていると、ある果物屋で一個のレモンを見つける。その色と香りで「私」はかすかに癒される。

その檸檬の冷たさはたとえようもなくよかった。その頃私は肺尖を悪くしていていつも身体(からだ)に熱が出た。事実友達の誰彼に私の熱を見せびらかすために手の握り合いなどをしてみるのだが、私の掌(てのひら)が誰のよりも熱かった。その熱い故(せい)だったのだろう、握っている掌から身内に浸(し)み透(とお)ってゆくようなその冷たさは快いものだった。

私は何度も何度もその果実を鼻に持っていっては嗅(か)いでみた。それの産地だというカリフォルニヤが想像に上って来る。漢文で習った「売柑(かん)者之言」の中に書いてあった「鼻を撲(う)つ」という言葉が断れぎ(き)れに浮んで来る。そしてふかぶかと胸一杯に匂やかな空気を吸込めば、ついぞ胸一杯に呼吸したことのなかった私の身体や顔には温い血のほとぼりが昇って来て何だか身内に元気が目覚めて来たのだった。……

（「檸檬」）

そのレモンを、洋書店の色鮮やかな画集の上に乗せて店を出る。鮮やかなレモンの爆弾を仕掛けたのだと空想しながら——。

こんなに繊細な神経の作家が、酔っ払うと筆舌に尽くしがたい乱暴をはたらいたとはちょっと信じがたいのだが、三高時代の友人であり、後に作家になった中谷孝雄（なかたにたかお）は「梶井基次郎——京都時代」という文章の中で回想している。

梶井は一時高浜虚子（たかはまきょし）に夢中になり、一緒に街を歩いているときも、思い出したように虚子の小説の文句を口にした。虚子かぶれは梶井の遊びにも影響した。時々芸者を呼んで遊ぶときも、梶井の好きな女は虚子が好んだようなタイプの女であった。十五、六の女から「おとなしい人やわ」と言われて喜んでいたが、これが芸者ではなく、相手が遊女になると、志賀直哉風に「豊年だ、豊年だ」と言って顔をほころばせるのだった。

梶井の生活はだんだん乱れだした。酒の上の乱暴も甚しくなった。六月のある夜、劇研会の仲間で宇治へ蛍狩りに行ったことがあるが、酒に酔潰れて彼は帰るまでとうとう蛍は見ないでしまった。月見だとか蛍狩りだとかいうことも、京都ではたいして不自然なことではなかった。その夜梶井は料理屋にいる間は、床の間の懸物に唾を吐きかけて廻ったり、盃洗でとんでもない物を洗って見せたり、限りない狂態を尽していたが、帰りの電車に乗ってから、蛍を見なかったといって、また大騒ぎをした。

（「梶井基次郎——京都時代」）

盃洗（はいせん）とは何か。

今ではあまり行われないが、かつては宴席で「お流れ頂戴」などと言いながら、同じ盃で酒を酌み交わす献酬という習慣があった。そうすることで心も通い合うと信じての行為だが、さすがに同じ盃を何人もが使いまわすのは衛生的ではないと思ったのだろう。水を入れた大きな器が用意されるようになった。料亭などでは立派な絵付けの器が使われたりした。相手に自分の盃を渡す際に、さっとその水にくぐらせて洗うのである。この水を張った器のことを盃洗と呼んだ。

酔った梶井はこの盃洗で局部を洗ってみせたのである。

それだけではない。

（略）梶井が甘栗屋の釜に牛肉を投げこんだり、支那蕎麦の屋台をひっくりかえしたりしたのもこの前後のことであった。

生活の乱れ方は、秋になっていっそうひどくなった。下宿にも借金が重なって、訪ねていってもいない時の方が多かった。（略）

私たちはそれから卒業まで殆んど毎夜、祇園石段下のあるカフェーに集まって、狼藉の限りを尽くした。（略）梶井が丸山公園（ママ）で警官に摑まって、四つん這いになって犬の鳴真似をさせられたり、兵隊竹という無頼漢に左の頰をビール瓶でひっぱたかれたりしたのもその頃のことで、梶井の頰にはその後一生消えない一銭銅貨ほどの傷が残ることになってしまった。（同前）

そんな生活の中で、ある時梶井は二十冊揃の原文のゲーテ全集を買った。寝る時も、枕もとに積み上げておくという喜びようであったが、十日と経たないうちに売り飛ばし、酒に姿を変えてしまった。

いったい、この破滅的なふるまいはどこから来ているのだろうか。青春特有の無軌道さだけではないのではなかろうか。梶井は学生時代、すでに肺結核の症状を自覚していた。周りの友人たちは、感染するのを恐れていることを隠そうともしなかった。当時の肺結核はほぼ不治の病だったので、梶井は長く生きられないと自覚していたに違いない。忍び寄る死の影が、梶井をいらだたせたのではなかったろうか。

梶井の下宿に友人が遊びに行ったとき、梶井は、
「封筒をとってんか」
と言った。友人が真っ白の西洋封筒を渡すと、梶井はいきなりその中に血痰を吐いた。

「ほら、金魚が泳いどるわ」

と言いながら見せつけた（『評伝　梶井基次郎』）。

梶井は昭和七年、肺結核で死去。享年三十一だった。

ちなみに、メチルアルコールを飲んで死んだ武田麟太郎は三高で、梶井の後輩だった。梶井が卒業する折には、彼が愛用していたカバンをもらい受けて、それを大事にしていた。しかし、そのカバンは夜中に小便がしたくなった梶井が便所に行くのが面倒で、その中に排尿していたものだったのだ。そのことをもちろん、武田は知らなかった——。

借金、飲酒、女性関係。自身の無茶苦茶な困窮生活を私小説に描いて注目を浴びた葛西善蔵は酒で身を滅ぼしたと言ってもいいほどの暮らしぶりだった。

昭和の初めのころ、葛西善蔵（かさいぜんぞう）は世田谷三宿（みしゅく）に住んでいた。怖ろしいほどの困窮生活だった。文字通り、赤貧洗うがごとき生活だったのである。雑誌『新潮』の編集者がその様子を書き残している。

（略）当時の三宿界隈は寂れた宿場のようで、土埃りの舞いあがる玉川街道には、単線の玉川線を玩具のような電車がはしり、肥桶をつんだ荷馬車がとおっていた。葛西の家は、電車通りから外れた細い裏通りの、二軒長屋であったように記憶する。玄関の硝子戸をあけると、そこが六畳の部屋で、調度品といったものは何ひとつなく、部屋隅に、「改造」であったか「中央公論」であったか、二、三冊、放りすてられたようにあった。長い間、その蕭条、殺風景の部屋で待たされた。やがて、破れた襖をあけて、隣の部屋から、よれよれの垢まみれの丹前姿の葛西善蔵があらわれた。昼酒をのんだあと炬燵（こたつ）に寝ていた、といった。

（『作家の舞台裏』）

なぜ、そんなに金がなかったのか。金があればすべて酒に注ぎこんだからである。妻子を養うこともできず実家に帰し、金策に奔走しているうちに借家からも追い出された。本人もこのままではだめだと自覚していたようだが、どうすることもできなかった。その葛西が書いている。

実は友人からも忠告を受けているんだが、精二君からなど友情の籠もった懇篤な手紙をもらっているし奈良の志賀君からも、朝から酒にばかり入り浸っているのだけは止めて呉れって……全く飲んでいるか、寝ているか、それだけの生活だけで、段々と書けなくなって行くばかりだ。

（「漫談」）

結局、昭和三年、貧窮のうちに肺結核で没した。享年四十一。

当時の『サンデー毎日』が葛西の追悼記事を掲載している（「葛西善藏氏の死を悼む」昭和三年八月五日発行）。

いや、この記事を追悼記事と呼んでいいものかどうかはなはだ疑問だが、酒に魅入られた作家の生きざまがいかに凄まじいものであったかを、まざまざと教えてくれる記事である。

本当に凄い記事である。長くなるが引用する。

一

葛西善蔵がとうとう死んだ。

今までにも幾度か危篤を伝えられたのに、不思議にもその都度盛り返しては、依然として酒盃を断たずにいるという話を聞いて、人々はその不死身さにびっくりしないものはなかったが、今度という今度は、強情を押し通して来た彼も、遂に病には勝てなかったのだろう。

病床にありながらも死ぬ一週間ばかり前までは、健康であった時のように連日連夜陶酔していたというが、その自棄といおうか、無茶といおうか、思ってみただけでもゾッとするようなことを平気でやったのが、病を革めさせた直接の原因となったように思う。

もういけないという知らせをうけて私が会いに行った時、彼は蒼白な顔を向けて、静かに微笑しながら、有り難うといった。私は彼の口からそうしたしおらしい言葉を聞くのは初めてだった。それだけに、彼にいよいよ最後の来たことを直感せずにはいられなかった。彼はその時はもう、酸素吸入と注射だけで命脈を保っていたのだ。

「医者は今夜あたりが潮時だというんだが、まだこうして生きている。たぶん、あしたの朝か正午ごろだろうと思うんだ——僕はもうだめだよ」

彼は枕頭にいた私達をかえりみていったが、いってる言葉が悲痛であるにも拘らず、それほどの悲痛さは感じられなかった。また、そうした場合によく出がちな負け惜しみ的なもしくは自嘲的な響きも与えられなかった。ただ、肉親への愛慾からも、友情からも、そして彼のたった一つのいのちであった芸術への愛着からさえも離れた平和な、底深い彼の覚悟が感じられただけだった。私は、彼のあわれな運命と姿とを悲しむよりも前に、そうした覚悟をもち得た彼を幸福だと思ったくらいだ。

彼は死の直前に、

「いよいよ臨終だ。死の床を飾るんだ」

といって、最後の思い出に酒を所望した。夕方からそれをチビリチビリと飲みながら、彼持前の酒談を論じつつ深更にまでおよんだがちょうど三本のお銚子を傾けつくしたころ、あたかもその酒滴が彼の生命であるかの如く、酒が尽きるとともに彼は静かに死んで行ったのである。

彼が男盛りの四十二で多くの子女を残して死んだのは、いかにも不幸なようにも思われるが、しかし、その死の床でまで彼の好きな酒盃を手にしながら死に得たということなどは、実際稀有な幸福だといわずばなるまい。その上、生きているうちこそ彼の酒癖に恐れをなして敬遠していたものも少しはあったろうが、いざ死んでみると文壇もちょっとさびしくなって、この愛嬌者の死を惜しまぬものは一人もいないだろう。この点でも彼が不幸であったはずはない。

週刊誌のこの記事を書いている匿名子の目前で、葛西は酒を飲みながら死んでいくのである。匿名子はそれを実況中継している。そんな劇的な週刊誌の記事などこれまで読んだことがない。

この匿名子が誰なのかは、昭和三年当時の関係者ならだれでも分かっただろう。よく書いたと思う。そして実によくできたいい記事である。

記事はまだまだ続く。

二

元来が、彼は徳をもって生れて来た男だ。徳をもつという意味はもちろん、聖人君子型の意味における徳人ではないが、どんな場合にも人から憎まれない人間としての存在を続けて来た。不義理もする。借金も踏み倒す位はお茶の子だった。それでいてにくにくしい悪口を平気で吐いた。これには、広津和郎や宇野浩二や谷崎精二等の友人も、大分迷惑したにちがいはあるまい。恐らくは彼に最も惚れていると噂される牧野信一にしてからが、内実迷惑を感じたことは一度や二度ではないだろう。

しかし、どんなに迷惑を感じても、その時は「この野郎」という気になっても、後になると彼のよさだけが残り、「愛する善蔵」は失われないのだから不思議である。

震災後、彼はしばらく本郷のなんとかいうきたない下宿の二階に例のおせいことお花夫人と住んでいた。ある晩私はそこへ尋ねた。その時彼は珍しく酒気を帯びていなかった。酒を飲まない彼を見るのはその時初めてだったが、酒から離れた彼の容子というのは正に陸に上った河童だった。妙に堅くなって、日頃はそんなでもない私に向っても、キチンと坐って恐ろしくハンブルなものごしをするので、私は内心大いにおかしかったのだ。

が、やがて、焼カマボコかなんかで酒をはじめると、次第に意気昂じて、とうとう本物の善蔵となった。彼は、酒を少しも飲まない私に、しきりにそれをすすめた。私は幾度も断った。すると、彼はおこり出した。

「酒の飲めぬような奴に碌な奴はないぞ。嫌いです、嫌いですって、酒になんの恨みがあってそんなに嫌うんだ。この罰あたり野郎！」

私は、その権幕に恐れをなして、一二杯を目をつぶって飲んだが、彼はそれを見て喜んだ。

「よし、なかなか見込みがあるぞ」

彼は私を話相手に十何本かの二合詰を倒したが、それでも止めようとはしなかった。ぐずぐずいつまでも相手になっていたら電車のなくなる私は、十二時が近づくと帰ろうとした。すると、彼はそれが気に食わぬといって、なんだかだと私にからみかけるのである。酒癖の悪いのには今までにも大分手こずったおぼえがあるので、しばらくの間はいい加減にあしらっていたのだが、しまいにはどうにも我まんが出来なくなって、便所へ立つふりをして玄関へ下りた。と、彼は私がひそかに逃げかえるらしい素振を見てとって、私より先へ別の梯子段から下りて待っていた。

「ずるいじゃないか、君」

彼は私を見てどなった。が、私はそれにもかまわず、いきなり下駄をつかむと、はだしのまま一散に表へかけ出して、やっと虎口を逃れた思いがした。

「おぼえていろ。ずるい野郎だ」

後までも彼がどなっているらしかった。

私は、そのことがあってから、しばらくの間は彼を「ひどい野郎だ」と幾分恨んでいた。が、間もなくすると、そうして酒の飲めない自分をまで引きとめて肴にしていたかった彼の気持がよくわかる気がした。そして、前より一層彼が好きになれたのである。

たとえば、こういった種類の受難は、彼と接近していたものには大概あったにちがいあるまいと思うが、そういう受難が後ではすべて悪感をもってかえりみられないところが、彼のもつ人徳によるのだとしか思えない。

三

彼は「子をつれて」の名篇をもって華々しく文壇にデビウして以来、幾何もなくして文壇に確乎とした地位を築いた。名人葛西とまでいわれた。けれども、彼は生活の上では決して恵まれた方ではない。年柄年中極端な貧困に苦しめられた。その上家庭的にも不運な事件に見舞われていた。彼がもし他の多くの作家の如く、矢継早に多数の作品が書けたら——おそらく、彼はもっとよいコンディションで生活が出来たかもしれない。

けれども、彼は、寡作家として知られていたように、事実驚くべき寡作家だった。余のことではしらず、芸術の上では稀に見る潔癖家で、彫琢に彫琢を加えた珠玉の如き作品を産むこと以外に念としないいわゆる名人肌の作家だったから、従って豊な生活が出来るだけ多量の作品が書けなかったのだろう。

彼はそれをよく知っていた。だから、どんな貧苦にも糞度胸よく直面して驚かなかった。

「小説家のくせに贅沢するなア間ちがいだ——第一、金のために無理に筆とる奴は極道だ」

などと、自分の貧乏を肯定し弁護するかのようによくそんなことをいった。

しかし、近年の彼がめっきり書かなくなったのは、前の理由からばかりで書かないのではなくて、実は酒のために書けなくなったのだと見る方が当たりそうだ。彼の酒は好きだから飲むという範囲をはるかに超えてしまっていた。近頃では、酒を飲むことが彼の生活の大部を占めている観さえあったようだ。彼がも少し酒に対して節を正しくしたなら、もっと多くのよき作品が生めたろうと考えるが、要するにそれは傍から考えるだけの話で、彼自身からすれば、強情を張り通し、貧乏をし通し、死の直前まで酒を飲み通した一生が一番意義のあった一生だったに相違ない。

「俺の藝術は酒によって生れ、酒によって生きるのだ」

彼は思いっきり、そういう信念を貫き通した人間だ。彼の如き生活様式をもった人間はもう今後この世に再び見られはしないだろう。

文壇は大きな名物男を失った。

あとがき

昭和五十二年の春、文藝春秋に入社した私は、すぐに『週刊文春』編集部に配属された。その頃、編集部は、グラビア班、セクション班、特集班の三つの班に分かれていた。グラビア班は巻頭と巻末の写真ページを、セクション班は小説やコラムなどの連載ページを担当していた。そして私が所属する特集班は、毎週、話題の事件などを追いかけて特集記事を書いていた。『週刊文春』では、今でもそうだが、記事は編集者が、つまり社員が自ら書くことになっていた。

昭和五十三年の十二月。新年特大号の目玉企画として、話題の人物の対談企画が持ちあがった。入社二年目の私が任されたのはピンク・レディーと野坂昭如(のさかあきゆき)の対談だった。昭和五十四年一月四日新年特大号に掲載する記事である。締め切りは二週間後。両者のスケジュール取りから始めなければならなかった。

昭和五十一年の夏にデビューしたピンク・レディーはデビュー・シングル「ペッパー警部」がミリオンセラーの大ヒットとなり、その年の日本レコード大賞新人賞を獲得。続く「S・O・S」、「カルメン'77」もヒットさせ、超売れっ子となり、今では信じられないだろうが、各テレビ局の歌番組に出ずっぱりだったのである。しかもタイミングは業界が最も忙しくなる年末である。週刊誌の対談企画にスケジュールを切ってもらうのは至難の業だった。ほとんど不可能と言ってもいいくらいだった。

今となっては、どうやってスケジュールを確保したのか、記憶がない。事務所に連絡をして担当マネジャーに懇願するといった普通の方法では埒が明かなかったに違いない。おそらく業界に隠然たる力を持つドンの力を借りて、力ずくでスケジュールを切ってもらったのではないかと思われる。

その証拠に、事務所が出してきたスケジュールは夜十一時からというものだった。あわてて虎ノ門のホテルオークラのスイートルームを予約し、速記会社に速記者の依頼をした。対談が行われる翌日の朝八時までに印刷所に原稿を渡さなくてはならないという、恐るべき綱渡りの入稿作業だった。

対談当日の夜、ハイヤーを仕立てて、杉並の自宅へ野坂を迎えに行った。野坂はジャンパーを羽織ったラフな格好で現れた。そして、すでに酔っ払っていた。一緒に乗ったホテルに向かうハイヤーの中で、野坂はずっと無言で窓の外を見続けていた。そしてボソッと「ピンク・レディーと会えるというから、引き受けたけど、いったい何の話すりゃあいいんだ……」と呟くと、また窓の外を眺めるのだった。「ほんとに、何の話しようか……。

殺気があった。

君、頼むよ」と縋り付いてくる。そして黙り込む。話しかけることをためらわせるような

スイートルームに入るとまだピンク・レディーは来ていない。速記者が準備をし、社の
カメラマンが撮影の支度を整える。その間にも野坂昭如はウイスキーを飲み続けていた。
「処女ですか、とも聞けないしなあ……」。

懊悩していると、白いもじゃもじゃのハーフコートを着てピンク・レディーが事務所の
社長とマネージャーを従えて部屋に入ってきた。ソファに座るケイとミーは明らかに疲れ
果てていて、見るからに元気がない。夜の十一時だからそれも無理はない。対談が始ま
る。もとより、酔っ払った野坂とピンク・レディーの話がかみ合うはずがない。アルコー
ルで口が滑らかになった野坂が一方的に早口で喋り続ける。その姿をピンク・レディーは
困った表情で見つめている。

一時間が経過したころだったろうか。突然、野坂は立ち上がり、ピンク・レディーの事
務所の社長を指さして、

「てめー、この野郎！」

と非難し始めた。話の脈絡がなかった。何に怒っているのか周りの人間には理解できな
かった。こんな若い娘をこき使って荒稼ぎしやがって、というようなニュアンスだったか

もしれない。まあまあ、となだめて対談を続けてもらったが、飲み続けながら話し続ける野坂は、しばらくすると、また突然立ち上がり、いきなり三波春夫（みなみはるお）の「おまんた囃子」を歌い始めたのである。時刻はすでに夜の十二時を回っている。

身振り手振りをつけながら、野坂は〽おまんたあーと気持ちよく歌っている。

一同はあっけにとられた。意味が分からないのである。

ふとピンク・レディーを見ると、ふたりとも疲れはててソファーで居眠りしているのだった——。

まだ二十代の私には恐ろしい体験だった。どうやって朝の八時までに対談原稿をまとめたのか、これも記憶にない。今、『週刊文春』のバックナンバーを見返すと、この対談は「紅白なんかぶっつぶせ！」というタイトルで五ページの記事になって、当たり前だがちゃんと印刷されている。よかった！

酒を飲んだ野坂は何をするか分かったものではない、というのがその時に学んだ教訓だった。

長部日出雄（おさべひでお）と野坂昭如の対談「ひと我らを酒乱の徒と罵れど」を読むと、まだこの狂乱はましなほうだったということが分かる。

それによると、旧制新潟高校時代には、素っ裸になって深夜の街を奇声をあげて駆け回り、竹槍みたいなもので友人の家の障子をみんな破ったりしていた。運動神経がよかったので、酔っ払うと、歩道の上にある、雪を防ぐ雁木（がんぎ）に飛び乗って走ったり、萬代橋（ばんだいばし）の欄干を、牛若丸よろしく渡ったり、挙句の果てには、交通巡査の台に乗って、裸で交通整理をしたりしたこともあった。

早稲田大学に入学後も酔っ払って教室に窓から出入りし、机に伏して昏睡。大隈重信（おおくましげのぶ）の銅像の下で白昼ゲロを吐き、顔中をゲロまみれにして昏倒。

こんなふうに自身を酒に赴かしめるのは何か精神的な問題があるからではないのかと、自ら精神病院を受診したこともあった。

ピンク・レディーの前で繰り広げたような狂態を、実は吉永小百合（よしながさゆり）の前でもやらかしたことが対談で語られている。具体的にどのようなふるまいをしたのかは明示されないが、似たり寄ったりのことだったのだろうと推測される。

長部　この前の対談のあとは、浜垣容二さんの出版記念会で、吉永小百合さんが来たもんだから、野坂さんは、これはもう傍（はた）の目から見ても明らかに平衡を失して、手の舞い足の踏む所を知らずという、夢遊病者の如くになってましたけどね。

それを見てたから、すぐあとの締め切りが「週刊文春」だったか「週刊朝日」だったか、なにか影響が出るんじゃないかと思って、気をつけて読んだんですが、そんな気配はまったくなかった。

野坂　だからぼくは、どんなに深酒しても、肝臓にかなり障害があっても、二日酔いするってことはないんですよ。

長部　ぼくが気にしたのはね、あのとき野坂さん、吉永小百合さんの前でかなり活躍しましたよね。

野坂　それは覚えていない。

長部　あれだけ活躍したら、どれほど二日酔いしない人でも、精神的に落ち込むと思ったわけですよ、反省して。あの人の前であんなことをやっちゃった……と。

野坂　そういうのはおれ、覚えてない。

長部　覚えてないってことで、また不安になりませんか、何をやったのかな……というんで。

野坂　いや、大したことはしてないと思う。

長部　いやいや、いやいや……。でも、まあ、あれが大したことないんだったら、世の中に大したことなんか全然ないみたいなもんですよ。

野坂　だって、最後のほうはちゃんと覚えてるんだもの。べつに嫌悪の表情じゃなかったよ、吉永さん（笑）。

（「ひと我らを酒乱の徒と罵れど」）

＊

今となっては分かるのである。あの時、野坂はどうしていいか分からず、まったくもって困惑していたのだ。対談を引き受けてはみたものの、何を話していいやら皆目見当もつかなかったのだ。ええい、飲んじゃえ、と飲みまくるしか方法がなかったのだろう。今では、そんな文士はもういない。

思い起こしてみると、私は、現役の編集者時代に何人かの〝文士〟の後姿を垣間見る機会があった。

青山二郎の妻だった武原はんと遠藤周作の対談をやったり、堀辰雄夫人に会いに行って新婚時代の話をしつこく聞いたりしていた。那須の野道を里見弴と歩いたり、青山の自宅で宇野千代と茶飲み話をしたりした。「もう一度生まれ変われるんだったら女がいい。男なんか面白くないわよ。私と同じ女がいい。そうしてもう一度、もう一度尾崎士郎に会いたいわねえ……」と、宇野千代は遠くを見つめる目をしていた。佐多稲子が自宅の書斎で、和服を着て正座で原稿を書いている様を横で見ていたことがある。そのあと、佐多は中野重治（なかのしげはる）夫人だった原泉（はらいずみ）と焼鳥屋で酒を酌み交わすのだった。

なぜあのとき、もっといろいろな話を聞いておかなかったのだろう、と今は後悔しきりだが、しかし、二十代の私は、そのときの自分の体験がどれほど貴重なものなのか、てんで分かっていなかったのだ。

生まれ落ち、大いに飲んで、激しく書いて、そして死んでいった沢山の酔っ払い文士たちの愉快な墓碑銘を書いてみようというのが本書のたくらみだったが（ともに、私がその人生の大半を捧げた文藝春秋という会社の思い出の一端を書き残すことも、目的の一つだったが）、果たして、うまく書きあげることができただろうか。

この本を書いている間じゅう、私は非常に楽しかった。

すでにこの世にはいない文士たちの本を開くと、彼らの姿が見え、声が聞こえた。それは怒声であったり、ささやきであったり、泣き声であったりしたけれど、私の頭の中で彼らは行きかい、生き生きとした顔を見せた。まるで、彼らと一緒にその時代を生きているような気さえしたものだった。

だが、その楽しい作業もそろそろ終わろうとしている。

このあとがきを書き終え、彼らの本のページを閉じると、その冥暗のなかへ、彼らは再び帰って行ってしまうのだ。

そういえば、「さよならだけが人生だ」と書いたのは阿佐ヶ谷会の井伏鱒二だった。唐代の詩人于武陵（うぶりょう）の詩「勧酒」（酒ヲ勧ム）を訳した時にその名文句は生まれた。

勧　酒　　于武陵

勧君金屈巵　　君ニ勧ム金屈巵（きんくつし）
満酌不須辞　　満酌（まんしゃく）辞スルヲ須（もち）イズ
花発多風雨　　花発（ひら）イテ風雨多シ
人生足別離　　人生別離足ル

これを井伏はこう訳したのだった。

コノサカヅキヲ受ケテクレ
ドウゾナミナミツガシテオクレ

ハナニアラシノタトヘモアルゾ
「サヨナラ」ダケガ人生ダ

二〇二三年　初夏　三鷹にて

生来の下戸　西川清史

出典一覧

＊本文における引用、言及の初出順に掲げた。なお、本書の性格に鑑み、引用元が正字正かなづかい表記の場合でも、読みやすさを優先し、詩歌を除いてあえて新字新かなづかい表記とした。諒とされたい。

中原中也「汚れつちまつた悲しみに」（『山羊の歌』所収、『中原中也全集』第一巻、角川書店、一九六五年）
大岡昇平「中原中也の酒」（『大岡昇平全集』第十三巻、中央公論社、一九七四年）
檀一雄「小説　太宰治」（『檀一雄全集』Ⅶ、新潮社、一九七七年）
太宰治「禁酒の心」（『太宰治全集』第五巻、筑摩書房、一九九〇年）
坂口安吾「酒のあとさき」（『坂口安吾全集』第十五巻、ちくま文庫、一九九一年）
青木健『中原中也―永訣の秋』（河出書房新社、二〇〇四年）
白洲正子『いまなぜ青山二郎なのか』（新潮文庫、一九九九年）
白洲正子「銀座に生き銀座に死す――昭和文学史の裏面に生きた女」（『文藝春秋』一九五八年六月号、文藝春秋）
大岡昇平『作家の日記』（新潮社、一九五八年）
青山二郎「世間知らず」（『青山二郎文集』、小澤書店、一九八七年）
青木健『中原中也―盲目の秋』（河出書房新社、二〇〇三年）
嵐山光三郎『文人悪食』（新潮文庫、二〇〇〇年）
萩原朔太郎「中原中也君の印象」（『萩原朔太郎全集』第九巻、筑摩書房、一九七六年）

萩原朔太郎「宿酔の朝に」（『萩原朔太郎全集』第四巻、筑摩書房、一九七五年）
大岡昇平『朝の歌　中原中也傳』（角川書店、一九五八年）
吉田健一「作法無作法　飲み方」（『吉田健一著作集 V』、集英社、一九七八年）
大岡昇平『小林秀雄』（中公文庫、二〇一八年）
式場俊三「「文学界」出張校正室」（『吉田健一著作集 V』月報、集英社、一九七八年）
河上徹太郎「吉田健一」（『河上徹太郎全集』第五巻、勁草書房、一九七〇年）
河上徹太郎「わがトラ箱記」（『文藝春秋』一九七二年十一月号、文藝春秋）
草野心平「吉原紫雲荘」（『草野心平全集』第十巻、筑摩書房、一九八二年）
草野心平「火の車随筆」（『草野心平全集』第九巻、筑摩書房、一九八一年）
橋本千代吉『火の車板前帖』（ちくま文庫、一九九八年）
草野心平「古田晁の酒」（『草野心平全集』第十一巻、筑摩書房、一九八二年）
野原一夫『含羞の人―回想の古田晁』（文藝春秋、一九八二年）
小林秀雄「古田君の事」（『新訂小林秀雄全集』別巻Ⅰ、新潮社、一九七八年）
小林秀雄「失敗」（『新訂小林秀雄全集』第三巻、新潮社、一九八〇年）
河上徹太郎「素顔の小林秀雄」（『河上徹太郎全集』第五巻、勁草書房、一九七〇年）
小林秀雄・今日出海「交友対談」（『新訂小林秀雄全集』別巻Ⅰ、新潮社、一九七九年）
小林秀雄「感想」（『昭和文学全集』第九巻、小学館、一九八七年）
大岡昇平「酒品」（『大岡昇平全集』第十七巻、筑摩書房、一九九五年）
永井龍男「酒徒交伝　抄」（『永井龍男全集』第十一巻、講談社、一九八二年）
三橋一夫「不思議な縁」（『吉田健一著作集 Ⅱ』月報、集英社、一九七八年）
坂口安吾「泥酔三年」（『坂口安吾全集』第十三巻、筑摩書房、一九九九年）
檀一雄「小説　坂口安吾」（『檀一雄全集』Ⅶ、新潮社、一九七七年）

梅崎春生「悪酒の時代　酒友列伝」(『梅崎春生全集』第七巻、沖積舎、一九八五年)
佐藤碧子『瀧の音―懐旧の川端康成』(東京白川書院、一九八〇年)
獅子文六「泥酔懺悔」(『獅子文六全集』第十五巻、朝日新聞社、一九六八年)
辰野隆「酒に真あり」(『辰野隆随想全集 2』、福武書店、一九八三年)
伊藤整「酒についての意見」(『伊藤整全集』第二十三巻、新潮社、一九七四年)
井上靖「酒との出逢い」(『井上靖エッセイ全集』第三巻、学習研究社、一九八四年)
山田風太郎「酒との出逢い」(『死言状』、富士見書房、一九九三年)
埴谷雄高「戦後の畸人達(抄)」(『酒と戦後派　人物随想集』、講談社文芸文庫、二〇一五年)
埴谷雄高「椎名麟三」(同右)
埴谷雄高「酒と戦後派」(同右)
鈴木貞美「作家案内」(石川淳『紫苑物語』講談社文芸文庫、二〇一三年)
正宗白鳥「アドルム」(『正宗白鳥全集』第十五巻、福武書店、一九八六年)
臼井吉見『蛙のうた―ある編集者の回想』(筑摩書房、二〇〇〇年)
遠藤周作「梅崎春生」(『遠藤周作文学全集』第十二巻、新潮社、一九七五年)
河盛好蔵「酒と酒客」(『河盛好蔵　私の随想選』第五巻、新潮社、一九九一年)
上林暁「阿佐ヶ谷案内」(『「阿佐ヶ谷会」文学アルバム』、幻戯書房、二〇〇七年)
伊東静雄「わがひとに与ふる哀歌」(『伊東静雄詩集』、思潮社、一九九六年)
富士正晴「伊東静雄と酒」(『富士正晴作品集』第三巻、岩波書店、一九八八年)
立原正秋「酒中日記」(『小説現代』昭和四十二年八月号、講談社)
河盛好蔵「酒の飲みかた」(『河盛好蔵　私の随想選』第六巻、新潮社、一九九一年)
若山牧水『若山牧水全集』(全十三巻+補巻、増進会出版社、一九九二年～一九九三年)
若山牧水「野蒜の花」(『若山牧水選集3　牧水随筆』、春秋社、一九六二年)

尾崎士郎「酒痴」(『尾崎士郎全集』第十一巻、講談社、一九六六年)
服部良一「酔勇先生と僕」(『定本　吉井勇全集』第二巻月報、番町書房、一九七七年)
吉井勇「「ギタ・セクスアリス」の思ひ出」(『定本　吉井勇全集』第七巻、番町書房、一九七八年)
吉井勇「酒客列伝」(『定本　吉井勇全集』第七巻、番町書房、一九七八年)
与謝野晶子「坂本紅蓮洞さん」(『定本　與謝野晶子全集』第九巻、講談社、一九八〇年)
久保田万太郎「手束弓紀の関守がかたくなに」(『久保田万太郎全集』第十一巻、中央公論社、一九七五年)
内田百閒「酔余」(『新輯　内田百閒全集』第十二巻、福武書店、一九八七年)
山本周五郎「酒みづく」(『山本周五郎全集』第三十巻、新潮社、一九八四年)
梶井基次郎「檸檬」(『檸檬 改版』、新潮文庫、二〇〇三年)
中谷孝雄「梶井基次郎――京都時代」(『梶井基次郎全集』別巻、筑摩書房、二〇〇〇年)
大谷晃一『評伝　梶井基次郎』(河出書房新社、一九八九年)
檜崎勤『作家の舞台裏』(読売新聞社、一九七〇年)
葛西善藏「漫談」(『葛西善藏全集』第三巻、津輕書房、一九七五年)
匿名子「葛西善藏氏の死を悼む」(『葛西善藏全集』別巻、津輕書房、一九七五年)
野坂昭如・長部日出雄「ひと我らを酒乱の徒と罵れど」(『超過激対談』、文藝春秋、一九八七年)
井伏鱒二『厄除け詩集』(講談社文芸文庫、一九九四年)

西川清史（にしかわ・きよし）

一九五二年生まれ。和歌山県出身。
上智大学外国語学部フランス語学科卒業後、
文藝春秋に入社。
雑誌畑を歩み、二〇一八年副社長で退職。
現在は瘋癲老人生活を満喫中。
著書に『うんちの行方』
（新潮新書 神舘和典氏との共著）、
『文豪と印影』『世界金玉考』（ともに左右社）、
『にゃんこ四字熟語辞典』
『にゃんこ四字熟語辞典２』
（ともに飛鳥新社）がある。

装丁：椋本完二郎
編集：横山建城
＊本書は書きおろしです。

泥酔文士（でいすいぶんし）

二〇二三年七月二五日　第一刷発行

著者　西川清史（にしかわきよし）

発行者　髙橋明男

発行所　株式会社　講談社
郵便番号　一一二―八〇〇一
東京都文京区音羽二―一二―二一
電話　出版　〇三（五三九五）三五〇四
販売　〇三（五三九五）五八一七
業務　〇三（五三九五）三六一五

印刷所　株式会社新藤慶昌堂

製本所　株式会社国宝社

定価はカバーに表示してあります。
落丁本・乱丁本は購入書店名を明記のうえ、小社業務あてにお送りください。
送料小社負担にてお取り替えいたします。
なお、この本についてのお問い合わせは文芸第一出版部あてにお願いいたします。

ISBN978-4-06-532258-1

鬼子の歌

偏愛音楽的日本近現代史

片山杜秀　著

「クラシック音楽」で読む日本の近現代百年。
鬼才の本気に刮目せよ！

山田耕筰、伊福部昭、黛敏郎、三善晃……。怒濤の近現代を生きた音楽家の作品をたどりながら、この国の歩みに迫り、暴き、吠える。あるときは西洋列強に文明国と認められるため。あるときは戦時中の国民を奮闘させるため。きわめて政治的で社会的で実用的な面がある「音楽」。政治思想史家にして音楽評論家である著者が、十四の名曲から近現代史を解説する。

定価：三五二〇円（税込）
※定価は変更することがあります

硝子戸のうちそと

半藤末利子　著

とにかく年を取るということは、
避けることができないだけに、大変な大仕事なのである。

八十歳をすぎた老夫婦の穏やかで愉快な日々は、夫の転倒事故で激変する。手術、リハビリ、再手術、心身の衰え、そして愛する伴侶との別れ。誰しもが通り、経験せねばならぬことを記す、明るくも勁いペンに、読者は涙しつつも励まされるだろう。

定価：一八七〇円（税込）
※定価は変更することがあります